Jean-Noël Pancrazi

La Mémoire brûlée

roman

Éditions du Seuil

TEXTE INTÉGRAL

EN COUVERTURE : *Maureen*,
photo de Ralph Gibson

ISBN 2-02-021144-0
(ISBN 2-02-005129-X, 1re publication)

à C. J.

1

Ils ont emmené Luis, ce matin. Tu n'as rien dit. Tu leur as seulement donné la valise. Tu as attendu un peu avant d'aller à la fenêtre. Des enfants éraflaient la tôle de la voiture noire, avec leurs couteaux ou leurs tessons. Ils ont fui dès que l'infirmier a surgi sur le trottoir.

Avant de monter dans la voiture, il s'est retourné, Luis. Il a levé les yeux. Les tourbillons serrés de la poussière t'ont aveuglé : tu as dû te détacher de la rampe. Tu as entendu la portière claquer. Les cris des enfants. Puis, le silence. La rue vide. Les lambeaux de la brume de chaleur déportés par le vent depuis la mer ont glissé sur les toits, les dômes, les échafaudages.

Tu as essayé de le suivre longtemps encore. Peut-être l'infirmier lui a-t-il posé la tête sur un coussin. A cause de la réverbération, il ne voyait presque rien à travers la vitre. A peine des silhouettes courant sur le sable. Il a peut-être reconnu les marches du casino. L'affiche du film d'aventures de la semaine. L'héroïne blond platine sur fond de ciel bleu. Les palmiers. La mer. Les navires, les forêts incendiées. Il a deviné qu'il ne monterait pas ces marches avant longtemps. Et puis, il a voulu murmurer quelques mots à cette ville, qu'il quittait. Mais elle n'était déjà plus pour lui qu'une série de places, de bancs, de murs, d'arcades, de terrains vagues. Il a fermé les yeux.

La voiture a roulé sur le gravier d'une allée. Ils l'ont accueilli en lui prenant les mains. Ils ont ri : vraiment ce n'est pas la peine de garder ce costume pour se promener dans le parc. Il a respiré l'odeur des arbres. Il a avancé sur les pelouses. Il a tendu les bras vers les fleurs.

Mais peut-être se sont-ils engagés tout de suite sur le boulevard extérieur, pour rejoindre la route de la plaine. La ville aussitôt : une tache sombre. Il n'y a pas d'arbres, là-bas. On y étouffe aussi. Personne ne lui a parlé. On l'a abandonné au bout d'un couloir.

Tu ne vivras pas, cette nuit, de l'attente de ses pas. Jusqu'à cet halètement si léger, presque imperceptible dans le hall : son retour, après plusieurs jours d'errance. Tu ne le verras pas s'allonger sur le lit, y demeurer immobile, les yeux ouverts. Les lèvres serrées. Le souffle nul. Le cri d'impatience qui te brûlait le corps, s'éteint — « tu sais pourquoi je reste encore avec toi?... tu sais pourquoi?... par pitié... oui... par pitié... tu verras, quand on t'enfermera, tu comprendras ».

Ils l'ont enfermé. Maison de santé du Dr Reboul. L'ombre du soir recouvre son casque de moto sur la table. Les gants, à côté. Tu te lèves, pour les serrer entre tes mains.

2

Tu les retrouves, semblables, ces rues où tu t'es enfin décidé à descendre, pour rejoindre ta mère — le seul visage à ne pas s'être absenté de ta mémoire. Elles sont toujours aussi sombres, envahies par cette éternelle odeur de fleurs sèches, de pierres tièdes à peine arrosées. Sur les terrasses, on enlève les derniers draps; on traîne les baquets pour demain. Tu croises les mêmes hommes, en chemises blanches, descendant vers les quais, cartes à la main. Les mots hurlés, brefs, d'une façade à l'autre te semblent seulement appartenir, ce soir, à une langue inconnue. Au tournant de la rangée des villas, les lumières du café t'éblouissent. Tu entends le grincement des chaises qu'on ramène autour des tables, des rires.

Le portillon. Les boules de marbre de chaque côté. De nombreuses éraflures. Elle a dû s'en désoler. Des plaintes, en pure perte, emportées par le vent. Tu es surpris de la trouver là, dans l'allée, encore allongée dans sa chaise longue — sans doute ne s'est-elle pas aperçue de l'arrivée de la nuit. Les boucles grisâtres battent sur son front. Ses bas flottent, lui glissent le long des jambes. Elle a renoncé à les enlever complètement. Interrompue par la fatigue, peut-être. Ça te serre la gorge de la revoir, inchangée, cette fatigue. Inscrite sur ces jambes un peu violacées, modelées par les chutes, les résignations, les peines.

Un coup de vent écarte son peignoir de coton blanc. Lavé et repassé déjà tant de fois — sa gloire, de le conserver intact. Il laisse à découvert son ventre pâle, avec d'énormes rides, pareilles à des balafres. Sa main droite est penchée hors de la chaise longue. Repliée sur un foulard. Elle a plus que jamais, ainsi, l'air d'une sacrifiée. Une sacrifiée, pour rien.

Avant qu'elle n'ouvre les yeux, tu entres dans le jardin. Tu marches sur la pointe des pieds, jusque derrière la haie. Tu t'étends sur les avant-bras, dans l'herbe. Tu regardes la maison. Aux murs, les morceaux de plâtre s'effritent. Les fenêtres sont ouvertes. Tu reconnais dans l'ombre la table de bois clair de la salle à manger. La tapisserie fleurie. Le buffet.

La toile de la chaise longue claque. Elle a dû se lever. Par les trous de la haie, tu la vois, qui se penche. Elle ramasse le foulard, avance dans l'allée. Ses bas, qu'elle a toujours renoncé à remonter, risquent de la faire trébucher. Tu te redresses, avances, à ton tour, lentement. Elle entre dans la maison. Tu essayes de voir où elle va, dans l'obscurité. Elle enlève son peignoir, le pend au portemanteau. Elle revient en combinaison vers l'armoire du couloir. Elle l'ouvre. Sa tête s'y perd. Puis elle détache une robe. Elle l'enfile, très vite. Trop vite — sa main frappe la glace, l'ébranle.

Tu reviens dans l'allée. Tu caresses le bois de la chaise longue. C'est peut-être le geste de Luis, à cet instant même : ses doigts glissent sur le bras de son fauteuil.

Inutile de rester ; tu vas repartir. De te voir vraiment vaincu, cette fois, cela ne pourra que la meurtrir davantage. Déjà, sa voix blessée au téléphone, ces dernières semaines : « Tu ne peux pas durer comme ça... tu ne peux pas durer... » Des larmes, dans cette voix. Pour toi. Pour Luis. Le trouvant intolérable, ce vertige de Luis, ne comprenant pas qu'il puisse, en l'espace de quelques secondes à peine, se laisser aveugler, puis emporter par les éclats du monde, pulvérisé par la hache de son angoisse secrète.

Un cri. Elle est debout sur le seuil.

Elle hésite encore à s'élancer dans la nuit. Vous êtes, tous les deux, immobiles, à quelques mètres l'un de l'autre. Elle, sur le pas de la porte. Toi, qui te retiens au rebord de la chaise longue.

Elle s'est précipitée. Ses cheveux sous ton menton. Vos cœurs, effacés, se cherchent. Vous restez serrés l'un contre l'autre. Puis vous vous séparez. Vous vous prenez par le bras. Vous avancez dans l'allée, comme ça, à l'aveuglette.

Elle s'écarte, s'arrête. Elle lève la main, appuie ses doigts sur tes cernes, sans doute profonds. Elle la fait redescendre le long de ta joue :

— Tu as l'air si fatigué...

Elle revient, d'un trait, à toute vitesse, du fond de ses terres stériles, la fatigue, ivre, à s'en brûler, du temps perdu. Elle se sent des ailes. Un espace libre rien que pour elle, ton corps. Un désert.

— Il vaut mieux, Pierre, que cela se soit terminé de cette manière. Tu ne crois pas?

— Oui...

Il vaut mieux. Sa voix : seule capable d'arrêter net ta vie, d'en suspendre le battement.

— Tu veux rester ici cette nuit? Je vais aller préparer ta chambre.

Elle s'éloigne. Rien au monde, que le balancement du feuillage de l'arbre où s'enfoncent, pour s'y perdre, les rires, les appels lointains.

Une main de plomb, énorme, s'agite à l'intérieur de ton ventre, écrase tout — et vient te déchirer le bas de la gorge : l'absence de Luis.

Elle t'appelle depuis la fenêtre de l'étage. Elle te sourit, agite son chiffon. Elle ramène, dans sa main ouverte, les débris de feuilles sèches, de plâtre écaillé sur le rebord de la fenêtre. Puis elle referme lentement les volets.

Lorsque tu entres, à ton tour, dans la maison, tout est obscur — seule, brille la rampe de l'escalier. Tu t'arrêtes à la porte de la chambre. Tu l'écoutes déplier les draps, les défroisser, puis les étendre. L'ombre de ses bras court, démesurée, à la clarté de la lampe, et s'évanouit. Ses pas affairés sur le plancher — si discrets, qu'ils semblent glisser —, le tintement d'un verre sur une table, une chaise déplacée sur le tapis : elle réinvente pour toi la douceur d'une nuit où la fièvre ouate le temps, le fait se retirer, très loin.

3

Le ciel, ce matin, est blanc. Là-bas, le feuillage de l'arbre est immobile. L'herbe, sèche. Ta peau est déjà moite, et tendue à la gorge, de respirer sur le seuil l'air torride — cet air du plein midi qui lacère le souffle, comprime les poumons. Mais te paraît plus intolérable encore la perspective de rester à déambuler pendant des heures dans les pièces sombres, tous volets fermés, en t'arrêtant parfois pour contempler une couleur, ou le pli d'un tissu.

Tu préfères t'engager dans l'allée. Avant de partir, elle a coupé les dernières fleurs mortes de la haie. Elle a plié la chaise longue, l'a adossée à l'arbre. Tu voudrais, rien qu'en les caressant, faire disparaître les éraflures sur les boules de marbre. En revenant ce soir, avec son cabas de cuir noir, elle sourirait. Ce reflet d'un sourire ancien, tu l'apercevrais même de très loin.

Quand tu avances dans la rue, la chaleur ne t'apporte ni souffrance ni gêne. Elle alanguit le sang au contraire, diminue la pesanteur de la chair. Ta mémoire à son tour se laisse envoûter par le soleil. Il l'abîme de silence, la dépouille de ses derniers repères, lentement l'anéantit. Si la vie aussi pouvait se retirer de toi, au rythme même de ta marche, aller glisser et s'effacer aux bords brûlants des trottoirs. Une évasion en douceur. Elle s'en irait, la vie, sans éprouver le besoin de parader, comme elle le fait d'habitude, lorsqu'elle lance les ultimes crépitements de ses fièvres, les dernières secousses de son sang déchaîné, voulant à tout prix rappeler son importance : pas rien vraiment, ce qu'on perd avec elle.

Mais il y a toujours le regard d'un passant, ou d'un commerçant que tu manques bousculer, au moment où il abaisse son rideau de fer. Ces regards, même furtifs, involontaires, lui interdisent de se disperser infiniment, à la vie; de s'évanouir au grand soleil. Ils la retiennent, te la collent à la peau, continuent à faire de toi, parmi les autres, un homme dans la ville, qui marche, halète, sue. Un homme que le simple besoin de la soif agrippe, habite tout entier, l'empêchant de se laisser opérer, vivant, de la vie.

4

Tu montes l'escalier qui mène à la terrasse de l'Excelsior. Tu t'engages parmi les tables blanches, vides. Tu t'assois à l'une de celles, rares, avec parasols. Face à l'éternelle pancarte : « orchestre à l'apéritif », alors que tout le monde sait qu'il n'y a jamais eu, qu'il n'y aura jamais de concert à l'Excelsior, ce vieux palace, orgueil poussiéreux de la ville — son centre oublié —, avec ses corniches à demi écroulées, ses fêlures au long des murs, mal dissimulées par les draperies aux couleurs éteintes.

Des voix s'enflent derrière toi. Un groupe d'hommes — costumes de toile, chemises blanches — sort de l'hôtel. C'est vrai, c'est dimanche. Ils se tiennent par le bras, se donnent tour à tour la parole, sans doute pour se montrer les uns aux autres combien leur voix a de distinction, leur donne qualité à fréquenter la salle à manger, pleine d'ivoire et de velours, de l'Excelsior. Leurs femmes, à quelques mètres derrière. Énormes, poudrées, les robes collées par la sueur, elles marchent très lentement, en écartant les jambes, comme si d'insupportables, introuvables et molles douleurs leur saisissaient le bas-ventre.

Ils descendent tous par le grand escalier, disparaissent à mesure derrière les colonnes des balustrades. Naturellement, aucun d'eux ne s'est tourné vers toi, personne n'a esquissé même ce geste de pitié auquel ils se contraignent parfois, pour se défendre de leur réputation d'égoïsme atavique, de désinvolture hébétée. Des portières claquent. Des rendez-vous criés, des appels indistincts. Des rires, aussi.

Peut-être, ces rires, à cause de la femme qui avance sur l'Esplanade déserte, en vacillant sur ses hauts talons, une bouteille presque vide à la main. Son autre bras a sur le côté des mouvements saccadés et tendus, comme si elle cherchait à écarter l'air brûlant pour y trouver un point d'appui. Elle s'arrête au milieu, là où il n'y a plus la moindre ombre. Face à l'hôtel. A peine la reconnais-tu alors : Maria. Oui, c'est elle. C'est bien son visage couvert de rides, sa veste en crochet sur ses seins maigres, ses hanches enflées et serrées par la jupe noire, courte. Elle lève la bouteille, la garde très haut au-dessus d'elle pendant quelques secondes, puis la jette en avant. Presque une détonation, en éclatant sur les dalles. Des débris giclent partout. Sur le trottoir, des cris d'indignation.

Elle se met à rire, Maria. Son rire tournoie, en même temps qu'au soleil les éclats de verre qui lui criblent les bras, car elle ne s'est pas reculée, elle n'a même pas sursauté. Si tu l'appelais, elle ne t'entendrait sans doute pas. Elle rit trop fort en allant se coller contre l'arbre, derrière elle. Elle frappe à plusieurs reprises l'écorce avec ses coudes. Puis elle baisse un peu la tête, appuie les bras sur sa poitrine comme pour l'étouffer, ce rire qui reflue et ballotte dans son ventre. Mais il rejaillit, la déborde, lui ferme les yeux. Non, cette fois, elle ne peut plus t'entendre.

Elle t'aurait parlé de Luis, pourtant. Elle t'aurait rappelé ses bras ouverts, la danse de ses pas; très tôt, un matin, tu les avais trouvés assis ensemble sur un banc, au bas de l'Esplanade, près du port, avec, à leurs pieds, le sac de Maria renversé : un foulard, du pain, les soucoupes raflées sur les comptoirs; et en le voyant si calme, Luis, qui dormait la tête appuyée sur son épaule, alors que tu l'avais cherché toute la nuit dans la ville, et les terrains vagues, et sur les plages, tu avais voulu, emporté par ta rage, qu'il ne s'éveille plus jamais, qu'il ne puisse pas voir la lumière de ce matin-là, comme une main ouverte au-dessus des arbres qui laissait couler entre ses doigts jusqu'à la mer les chants des oiseaux, mais en t'entendant approcher, c'était Maria qui s'était retournée, et dans ses yeux tu avais aperçu les plaies sombres ouvertes au long de la nuit par les moqueries et les humiliations; ce regard troué par toutes les blessures de cette nuit où elle avait été vraiment seule, Maria, a suffi pour abattre ton ressentiment, vous avez marché longtemps avec elle à travers la ville dans le matin comme au milieu d'un peuple étranger, épuisés, éblouis.

Elle ne rit plus. Elle se détache de l'arbre. Elle avance à nouveau en plein soleil, mais sans vaciller. Elle déboutonne sa veste, abaisse les manches sur ses épaules. Puis, d'un coup, elle retire sa perruque, exhibe son crâne chauve. Elle la balance au bout de son bras, cette perruque de cheveux bouclés, trop blonds. Elle se met à la secouer dans tous les sens, en longeant les bancs. Ils sont vides.

Elle laisse retomber son bras, tenant avec négligence la perruque, comme prête à la lâcher, lasse de ce dernier jeu. Elle s'affale sur un banc. Elle rit encore un peu, jambes écartées, tête en arrière. Puis elle se penche, regarde vers l'hôtel. Peut-être qu'elle va t'apercevoir enfin, te reconnaître. Tu cries : « Maria! » Mais elle continue à regarder, sans réagir. Elle se lève lentement. Elle pose la perruque sur son crâne. N'importe comment. Elle s'en va le long des arbres, un peu voûtée.

Sur les dalles de l'Esplanade scintillent les débris de la bouteille. Les vagues de poussière recouvrent les massifs de fleurs, au bord. Partout, l'odeur de ville abattue — plantes et eaux inertes, rongées par l'été. Le ciel n'est que l'émanation de la boue sèche de ses murs; il n'existe pas. Tout regard vers lui saisit de vertige, et te ramène aussitôt, étourdi, vers le monde autour : vide. Si au moins elle avait un visage, l'absence. Même décomposé, même abîmé par des yeux neutres où ne se lirait plus la couleur du moindre instant passé, tu pourrais l'enfoncer contre toi, ce visage, pour qu'il imprime quelque part dans ton corps, peu importe la place, une douleur bien nette, fixe, solide. Mais l'absence n'a pas de visage, il faut toujours courir après, pour voir à quoi elle ressemble. Elle ne ressemble à rien. Inutile de la poursuivre; elle ne laisse après elle qu'une mémoire brûlée.

Comment saisir ne serait-ce qu'un pan de son ombre, et en recouvrir ta vie, pour seulement avoir la sensation qu'on n'a pas déjà réussi à immobiliser ses mains, à ralentir son souffle? Où sont-ils, ceux qui peuvent te parler de lui, comme s'il avait préféré cet après-midi se promener en ville ou au bord de la mer, avant de revenir s'asseoir sur la terrasse, à côté de toi?

Comment croire qu'on ne l'a pas emmené, Luis, sinon en faisant appel à un rêve, peut-être — oui, un rêve. Même éphémère. Même marqué à son terme par une déchirure. Il t'apportera un apaisement de quelques instants, le calme d'une halte. Ce répit nécessaire pour qu'ils défilent devant toi, tous ceux qui sont capables d'évoquer son rire, sa peau, sa voix; ou de prononcer son nom. Oui, à peine son nom, tu ne leur demanderas rien d'autre.

Qu'ils viennent, pour te bercer d'illusion, après s'être apprêtés et maquillés dans les coulisses de l'hôtel, qu'ils accordent leurs répliques, qu'ils effacent, sous les pas de leur parade, le temps. Qu'ils forment une chaîne fictive qui, par-delà l'étendue du silence, te reliera à lui.

Ils arrivent déjà. Si nombreux, rassemblés en une foule si compacte que tu ne parviens pas à les distinguer les uns des autres. Tu ne vois que leurs bouches où bat le nom de Luis, et leurs bras qui, en s'écartant, composent l'espace d'un rêve.

... Voilà le vieux Pr Froissard, les lèvres trempées de l'huile bleue de l'assiette des camélias qu'il tient à la main, spécialiste de l'étude des morsures d'iguanes ou de vierges enragées, et des maladies du sommeil. Possédant à la sortie de la ville des hectares de vignes destinés à son élevage considérable de renards, sur lesquels il teste ses vaccins anti-insomnies. Quelques dizaines sont chaque fois anéantis. Ça le désole. Il pleure devant ses cuves débordant de renards crevés, mais il s'obstine, recommence aussitôt; il te demande en faisant couler un peu d'huile sur ton pantalon: « Comment va Luis? »

Il y a le metteur en scène du théâtre municipal, qui se veut montreur de vérité à des populations abruties par l'alcool, la drogue, la graine de soja, les cauchemars. Il rougit de sa propre audace : dans sa dernière pièce tout en allusions, il fait coucher la fille du gouverneur des îles avec son père. Il va faire un beau scandale, c'est sûr, avec la scène où le père pose si discrètement la main sur la jambe de sa fille qui pend, nue, hors du hamac, dans le jardin blanc à midi; il vient te taper sur l'épaule, en te demandant : « Comment va Luis? »

Il y a le danseur de l'opéra de la ville, depuis longtemps fermé, qui fait trente-six mille entrechats autour de la table, les bras tendus en arrière, et rameutant des milliers de cygnes, infirmes, jaunis, claudiquant, tout droit découpés dans les paravents entassés dans les mansardes de l'hôtel; il n'en finit pas de tourbillonner, froufrouter, lalanler, jusqu'à ce qu'il soit recouvert de sable, le lac, qu'on n'en parle plus; du bout de ses chaussons, il te demande: « Comment va Luis? »

Il y a la journaliste qui s'est passé le visage à la pierre ponce, pour faire plus aventurière des mers du Sud, genre : vous avez vu ma belle gueule creusée ravagée splendifiée par les passions, les courses incessantes à travers attentats, famines, soulèvements, éruptions, et autres curiosités de vous inconnues, elle profiterait bien de l'occasion pour faire une enquête sur les maladies nerveuses, leurs causes, leurs traitements, leurs résultats, et, avide de confidences, elle te demande : « Comment va Luis? »

Et puis, ceux que tu ne reconnais pas; tu les as vus, il y a si longtemps, tu ne sais plus : dans un bal, une manifestation, une épicerie, un départ aux îles, la menace d'un tremblement de terre, une dispute, une sarabande, le banc de l'école, un lit d'hôpital, un terrain vague, un trou de mémoire, une brève passion, un livre, un sauna, une revue spécialisée, une église, dans un enterrement, un champ de lavande, à une noce, au cirque, aux bacchanales, aux calendes grecques, dans une autre vie.

Et les autres : l'institutrice la craie à la main, l'infirmière la seringue à la boutonnière, le maire qui mâchonne son discours, l'écolière qui raccommode sa culotte, l'armée du salut, le peintre, le spécialiste de Balzac et des romans mignards des premiers curés de l'île aux enluminures blanc et noir, le syndicaliste qui-défend-les-intérêts-des-travailleurs, en salopette bleu lavande et broche en grappe de raisin un peu de traviole, les dactylos, les vulcanologues, les intellectuels, les manuels, les entre-deux qui se cherchent, les dauphins, la figue, le raisin, les teintures douteuses mi-figue mi-raisin, les lèvres à fleurs, les lèvres sans fleurs, les cœurs à fleurs, les cœurs fermés, les fleurs des îles, le chef d'orchestre, la pluie qui court après le soleil, le soleil qui se tord le cou pour les voir s'approcher tous à la fois, les rimes, les raisons, les sans rimes ni raisons, l'Amour en personne avec ses cheveux pleins de sel encore, qui me sourit avec gratitude, il sait que je lui ai consacré pas mal de forces, que je lui ai offert toutes les fibres de mes nerfs, des gerbes délacées, usées, abîmées sous son mauvais temps, un véritable lit de fibres de nerfs qu'il pourrait se faire avec, l'Amour, une fois retendues, séchées, l'Été, oui, même l'Été, Luis, avec ses cohortes immobiles d'instants cloués aux dalles, la terre, les chemins, les branches, la mer, les bananiers, les je-m'en-foutistes, la guerre ancienne, sans visage, avec son collier de croix blanches, les tracassiers, le général manchot, les angelots du théâtre aux cils blonds, aux fesses roses, le beau temps, le vin, tout le vin de l'été, les enfants, oui, tous les enfants de la ville, aux lèvres pâles, sont venus m'embrasser pour toi, Luis, et c'est tous les fruits, toutes les fleurs, et le goût de la terre où ils ont gambadé, et l'odeur des pierres ramassées ensemble, qu'ils m'ont laissée sur les joues pour toi, Luis, et aussitôt après : la Malveillance, la Reine, avec ses bracelets d'orties bleues, son cortège de nains grimaçants, les sorcières, les femmes en maillots noirs, les femmes aux peignoirs crème, aux mains lisses, les femmes comblées, cheveux mouillés glissant sur leurs lèvres, le Malheur, tout en blanc, avec toujours son air d'en dessous, son air pas net, d'un qui va vous faire une sale blague, le Ciel, oui, le Ciel, Luis, avec ses nuages et ses creux et ses vides, et son bleu, oui, Luis, tout le bleu du ciel, mon amour, les chanteuses des rues, les fausses fées des faubourgs, les marins, l'Hiver qui n'en revenait pas d'être là avec tout ce soleil, qui se confondait en excuses, il est venu en coup de vent, et le Bonheur, Luis, c'est le seul qui ait ajouté quelque chose, il m'a demandé pourquoi il y avait si longtemps qu'on n'était pas allé le voir, je n'ai pas su quoi lui répondre, dis, Luis, les dieux noirs aux escarpins verts qui se sont fait descendre de leurs baldaquins d'or devant la terrasse de l'hôtel, ils m'ont annoncé que, dès cette nuit, le monde entier penserait à toi, au moins une seconde, tu te rends compte de ça, Luis?, les poissons noirs que tu aimais, le pape, pas, bien sûr, le pape de Rome, non, le pape de notre ville, tu sais, ce très vieux prêtre enfermé dans son couvent, au sommet de la montagne, qui a tourné pour nous, un matin d'orage, les pages de ce livre, où on voyait tout ce que je suis en train de voir sur ce papier doré, doux comme de la laine, ah! j'oubliais, Luis, l'épicière du coin, les poches pleines, mais pleines à craquer, de ce que tu lui as volé, le sable que tu faisais couler dans ta main, qui en brûle du regret de ta peau, les îles, oui, Luis, toutes les îles de la mer, les chansons, toutes les chansons du juke-box, traînant, égarées, méconnaissables, et qui voudraient tant revenir ensemble sur tes lèvres, l'Avenir, Luis, qui m'a ouvert son cœur, oh! juste un peu, pour que j'y voie danser, nu, rouge, l'espoir, pieds joints déjà, prêt à s'élancer, les sirènes, en fourreaux de diamants, enivrées par la fumée des algues sèches, la Vie, la vie insaisissable, elle ne m'a rien dit, elle est restée silencieuse, j'ai levé les yeux, mais elle était déjà partie, le Cirque qui ne quittera plus la ville, les mendiants, les fantômes des nuits d'été, l'aveugle qui a cru que j'étais toi, Luis, qui m'a pris le bras, qui est resté là, si longtemps, Luis, à pleurer sous le soleil, les hommes, tous les hommes de la ville, côte à côte, qui m'ont demandé ensemble : « Comment va Luis? », ta mère morte aussi, mais ça, je ne voulais pas te le dire tout de suite, venue de sa terre noire, elle cherchait ses mots, tous ses mots brûlés sur ses lèvres, elle a bredouillé quelque chose, et puis elle est tombée dans mes bras, le Cri, qui m'a dit qu'il ne reviendrait plus jamais, que c'était la dernière fois, les danseuses du cabaret qui m'ont apporté pour toi un morceau de nuit plein de trompettes et d'étoiles, les livres, tous les livres du monde aux pages effacées, blanches, sans tes yeux pour les lire, aujourd'hui, qui m'a confié qu'il ne se terminerait jamais sans t'avoir vu, toi, parmi nous tous, il a demandé à l'Été, là-bas, de venir te redire quelque chose, mais l'Été est si lourd, replié sur sa vieillesse dorée, il déplace avec tant de peine son énorme masse de lumière, la Nuit qui passait me voir en cachette, frissonnante sous ses grands voiles noirs à odeur de ruisseaux, de vin, de baisers, surtout ne le dites à personne, sinon ils m'excluront à tout jamais, je le lui ai promis, en partant elle s'est retournée, m'a souri, m'a envoyé un vent si frais de liberté pour toi, mon amour, les Saisons qui se sont plaintes de ce que tu ne les reconnaissais plus ces derniers temps, et les torrents, les forêts, les rivières, les ânes blancs, le soleil qui, pour calmer son torticolis, vient de se mettre une écharpe de nuages rouges, le bijoutier qui a ouvert la main pour que j'y voie briller la bague que, manque d'argent, tu n'avais pu lui acheter pour moi, et puis, immense, exilant tout de sa lumière, souverain du vide, le jour...

Il s'arrête à quelques mètres. Demeure parfaitement immobile. Il leur ordonne soudain d'abandonner leur rôle, de dénouer leur parade, de s'en aller. Ils lui obéissent tous. Ils s'éclipsent avec le maximum de discrétion. Et si vite que tu ne parviens pas à saisir, pour mémoire, une seule de leurs silhouettes; ni le dessin d'une bouche ni la chair d'une voix. L'air ne vibre pas sous l'écho de musiques et d'appels se perdant dans les nappes de poussière de pas enfuis. Plus trace même de la rumeur d'un songe.

Un poing serré appuie sur la paroi au fond de ton cerveau, et manque presque la faire s'ouvrir. L'absence, intacte. C'était le dernier rêve. Oui, le dernier. Plus de comédie, même éphémère, à te jouer. Plus de diversion fictive ni d'échappatoire. Plus de masque multiple à composer pour tenter de recouvrir le vide. Ce poing-là, tenace, écrasera toute dérobade, toute tentative de fuite loin de la réalité.

On a emmené Luis. Hier matin. Tu l'as laissé partir. Tu n'as pas crié depuis la fenêtre. Un seul appel aurait suffi pourtant, pour qu'il rejette l'ombre asphyxiante de son silence, pour que le bonheur de sa force retrouvée afflue dans ses poumons, pour qu'il brise les mains qui le retenaient et qu'il s'élance à nouveau, libre. Mais tu n'as rien dit. Tu t'es même détaché de la rampe quand la poussière t'a empli les yeux.

L'ombre déjà s'étend sur les dalles de l'Esplanade. Au fond, là où les feuillages des arbres se rejoignent, c'est presque sombre. Du port remonte l'odeur de caisses mouillées, de friture et de cuir tiède. En viennent aussi les hommes, chemises ouvertes, yeux mi-clos et contenant mal les ultimes bâillements d'une trop longue sieste. Ils s'arrêtent devant les kiosques à journaux rouverts, ou longent les bancs, occupés par les vieilles femmes immobiles dans leurs fichus noirs. Quand ils arrivent devant les débris de la bouteille, ils s'en écartent.

5

Des doigts glissent dans ta nuque. Tu te retournes. Teresa. Revient t'envahir cet apaisement que tu as toujours connu devant son regard clair, dépourvu du moindre trouble, et qui donne à son visage mal dégrossi, aux pommettes trop pleines, aux paupières et aux lèvres si lourdes, le rayonnement d'une beauté simple, l'éclat tranquille d'une certitude.

— J'ai appris seulement hier soir pour Luis... je suis passée chez toi à deux reprises cette nuit... personne... où étais-tu?... pourquoi n'es-tu pas venu plutôt me chercher au théâtre?... pourquoi ne m'as-tu pas prévenue?...

Elle t'essuie la sueur sur le front, te sourit avec tendresse.

— Tu peux venir habiter à la maison, quand tu veux... de toute manière, tu ne vas pas rester seul maintenant... il faut que tu sortes de cet univers étouffant, que tu évolues dans un autre milieu... à force de faire toujours le même chemin, tous les deux comme des petits vieux... tu ne connais rien de la ville, ou presque... beaucoup de gens, j'en suis certaine, ne demandent qu'à te rencontrer...

Ouvert, l'avenir, si tu rejoins la belle foule, sereine, équilibrée, des vivants. De tous ceux qui ont la vocation de la vie.

— Je n'ai pas tellement envie de voir du monde, Teresa...

— C'est normal, après les affres que tu as traversées... elles ne s'effaceront pas en un seul jour... moi-même je ne suis pas prête d'oublier certaines choses... mais c'est fini, maintenant... c'est fini...

— Non, rien n'est fini, Teresa.

— L'enfer est terminé, quand même...
— Je ne sais pas ce qu'ils vont faire de lui.

Tu ne vois que des murs blancs, des salles vides, Luis se traînant déjà, mettant des heures à parcourir la longueur d'un couloir.

Elle t'a saisi les mains. Elle en fait cesser le tremblement.
— Tu n'as pas à t'inquiéter... c'est une maison très correcte, ils vont bien le soigner... et puis, c'était la seule solution...
— Oui, peut-être...
— Je suis avec des amis... viens à notre table... viens...

Tu te lèves, avances avec elle vers la série des tables, du côté de la mer. Déjà, leurs mains se tendent. Ils te font une place. L'homme, en face de toi, rit. Les deux grandes rides creusées, profondes, de chaque côté de la bouche, surprennent par rapport à la douceur de la peau, presque enfantine. Semblables, les deux femmes, à ta droite, par leurs voix brusques, leurs cheveux blonds, leurs tuniques de coton aux couleurs vives, échancrées sur leurs seins lourds. Si l'une se distingue, c'est par la répétition de ce geste particulier, qu'elle a, de comprimer la lèvre inférieure avec le bout des doigts, son visage prenant une expression butée, chaque fois qu'elle va émettre une idée. Ils parlent. Mais tu ne comprends pas ce qu'ils disent. Tu baisses la tête, tant tu redoutes d'être questionné. Tu n'aurais pas la force de leur répondre. Ta voix s'échapperait de toi, indépendante, venant d'entrailles vides, presque absentes.

6

De continuer à déambuler avec eux à travers les vieux quartiers, malgré l'ombre des murs des palais, la douceur des jardins au fond des rues fraîches, et sur les trottoirs les courses des enfants aux cheveux bouclés de sel, cela te devient intolérable. Surtout quand ils se mettent à parler d'individus de leur connaissance, ou presque, lançant des formules définitives pour qualifier chacun d'eux : « ... il n'a jamais rien fait de valable, ce type... il est vraiment paumé », ou : « c'est un mythomane... », ou : « une parano... ». Formules assez implacables pour exiler ceux qui, ainsi anéantis, n'ont plus qu'à disparaître dans les bas-fonds de la vie où, à leurs yeux, sont rassemblés, traînant d'impuissance en impuissance une existence condamnée, tous les pouilleux de l'esprit, les « médiocres », les « ratés », les « incapables ». Se glorifiant, eux, d'appartenir à la communauté de ceux qui ont réussi, ceux qui ne se laissent jamais troubler par le moindre doute.

Leurs voix ne cessent de résonner sur les murs de ces rues si étroites, alors que, dans ta tête, tournent à peine quelques images : Luis assis seul dans le coin d'une pièce, Luis qui n'arrive pas à se déshabiller et appelle, Luis s'agrippant au rebord de la fenêtre de sa chambre pour regarder l'ombre envahir les pelouses.

Tu vas t'éloigner sans rien dire, te séparer d'eux. Mais Teresa devine déjà ton mouvement de recul et de léger dégoût ; elle te serre le bras. Puis elle se met à rire haut de ton silence. Essayant sans doute de prévenir toute accusation dédaigneuse de leur part sur la trop grande indépendance, presque indifférence, que tu manifestes à leur égard. Ils ne lui répondent pas. Elle incline la tête sur ton épaule. Le vent du soir amène sur vos corps ensemble le goût du sable tiède, de l'eau déversée sur les terrasses, le parfum des orangers.

Vous arrivez sur la place du théâtre municipal. On emporte les derniers étals de cartes postales, de vieux vêtements, de bijoux. Quelques boutiques éclairées autour, sous les arcades. L'une des femmes esquisse des pas de danse et tourbillonne, voulant sans doute démentir son apparence empruntée, prouver combien sa personnalité est mobile, capable de se couler dans n'importe quel rôle au monde. Elle s'arrête enfin, s'écrie : « On s'en va?... » A peine vous serrez-vous la main. La fatigue de leurs voix t'alourdit les tempes.

Teresa te prend le bras. Tu montes avec elle les marches du théâtre. Toujours les panneaux de bois sur la plate-forme, et leurs lambeaux d'affiches. Des échafaudages autour de l'entrée. Une partie du fronton a été repeinte. Au moment où elle ouvre la grande porte de verre, tu crois voir Luis s'avancer vers toi, les feuillets sous le bras. Tu t'arrêtes.

— Qu'est-ce que tu as?... tu ne veux pas entrer?...

Et puis son sourire, de compréhension secrète; elle l'éternise — sans doute veut-elle communiquer, à ta vie, son harmonie. Elle tire quelques billets de son sac, te les glisse dans la poche.

— Tu me promets de me téléphoner?

— Oui.

— Viens me chercher un soir, tu assisteras aux répétitions... ensuite nous sortirons ensemble avec des amis, d'accord?...

Quand tu t'éloignes, tu la vois qui agite la main, au seuil du théâtre, dans la nuit.

7

Boire. Boire encore. Embrasser le comptoir de cet autre bar. Un de plus. Tu les y laisserais bien traîner tes lèvres, sur ce comptoir. De quoi s'occuper. De quoi la résumer, son existence, à une simple glissade de sa bouche. C'est bon. Ça serait meilleur encore de se laisser mourir comme ça. S'empoisonner petit à petit sans le moindre effort. Mais voilà : c'est la douceur des lèvres de Luis qui te revient en plein cœur. Pas possible de l'oublier, la douceur de ces lèvres. Alors les détacher, les ramener vers le verre, ces lèvres qui ne peuvent pas oublier, non, pas possible, puisqu'elles les portent en elles-mêmes, ces autres lèvres. Une même chair. Le seul moyen : les arracher. Et encore, elles risquent de renaître ailleurs, dans ton ventre ou ta poitrine. Et là, pour aller les dénicher, les faire cesser de battre... Le verre vide, naturellement. Cette fournaise à nouveau dans la tête. Pas la force de lever la main, pour commander autre chose. Trop de fumée aussi. Vers où la lever, cette main?

Tu te laisses aller du haut du tabouret. Tu attrapes la rampe. Sans être sûr de vraiment la saisir. Si tu avances maintenant pour atteindre la rue, tu vas te mettre à flotter dans ce vide sombre, avant la porte. Tu tomberas peut-être. Impossible de te relever. Heureusement qu'un des clients, assis au fond, vient mettre un disque dans le juke-box. Profites-en. Ne le laisse pas finir. Élance-toi. Voilà. Suffit de se laisser emporter par la musique, sur ses ailes : elle t'amène d'un coup, dehors.

Illusion de légèreté, à tourner un peu. A courir, en ne sentant pas les dalles du trottoir. Ça ne dure pas longtemps, bien sûr. Jambes lourdes très vite. Ton sang : empâté. Et pas la peine de respirer un bon coup pour essayer de retrouver une force qui n'existe plus, en regardant le ciel. Il est invisible, le ciel. Impossible même de savoir s'il est clair, ou couvert de nuages. A cause de ces toits pourris qui se touchent au-dessus de la rue, font d'énormes croûtes de poussière noire. Une plaie, ce quartier de la citadelle, au flanc de la ville. Qu'elle fait semblant d'ignorer, se détournant vers ses lumières, sa rumeur. Mais, un jour, tu creuseras cette plaie avec les barreaux de la chaise où il est assis, Luis, jambes et mains liées. Pour revoir le ciel, tout le ciel d'été à la fois. Tu la feras exploser à la gueule de la ville. Étouffée par le jet de son pus, elle basculera dans la mer.

Tu t'appuies contre le mur nu en face. Tu t'y colles complètement. Les bras étendus. Les jambes écartées. Les yeux fermés. Cela bientôt t'apaise. L'ivresse se concentre, se ramasse en une touffe de nerfs qui se promène dans ta tête vide, à la recherche d'une cavité où s'enfoncer, se fixer. Puis elle semble s'amollir peu à peu, passer dans la surface entière du mur, s'y disperser infiniment. En rayonnant ainsi, elle s'estompe et se perd à mesure. Délivré d'elle, le reste du corps perdant sa consistance et ses limites, ton visage s'effaçant, et tes yeux, et ta bouche, et les mouvements de ton cœur, tu te fonds dans le mur. Tu n'es rien d'autre que sa transpiration, sa sueur. Et aussi la transpiration, la sueur de tous les murs de la ville.

8

Pendant plusieurs heures, tu as oublié le monde. Le poing du sang a fini par se dénouer à la gorge. Tes jambes redeviennent plus légères. Tu avances à nouveau dans les rues des hauts quartiers où, malgré la chaleur, tous les volets sont fermés. Sur les trottoirs qui montent, raides, des meubles cassés. Des boîtes de fer renversées. Tu arrives sur le terre-plein qui surplombe la ville, bordé par une balustrade de pierre. En bas, seuls les quais sont éclairés : masses étincelantes des grues, murs blancs des entrepôts. Très net, le grincement des poulies du téléphérique au-dessus de la mer. Vers les collines, la terre plus fine des parcs fait des taches claires. En te retournant, tu aperçois dans la dernière voiture, à l'écart sous les arbres, des hommes immobiles. Les phares sont braqués sur une porte de bois et de fer mêlés, au rez-de-chaussée de l'immeuble qui fait angle, et dominée par une lampe bleuâtre. Tu la reconnais — c'est la boîte où tu venais si souvent, il y a quelques années. Elle est peut-être fermée depuis le temps. Tu t'en approches. Tu ne trouves pas la sonnette. Le bord du mur est rêche partout. Tu frappes. Une lucarne s'entrouvre. Un regard te fixe :

— Vous êtes déjà venu, monsieur?

— Oui, je connais.

Quelques instants encore, avant que la porte s'ouvre. La musique, très forte, bat sur les parois. Sourire crispé de l'homme maigre, cheveux teints, qui, aveuglé par la lumière des phares, referme aussitôt la porte derrière lui. Il t'accompagne un peu : « Surtout, faites attention aux marches... tout le monde se casse la figure... », puis s'éloigne. Elles n'existaient pas avant ces banquettes de cuir au fond, encastrées dans les murs et surmontées d'abat-jour rouges. D'assis, tu n'y vois qu'un adolescent. Il baisse la tête. Par ruse? Par jeu? Ou veut-il échapper au regard trop insistant de l'homme épais, crâne dégarni, debout devant lui, un verre à la main — il vacille, sur le point de s'affaler sur une des basses tables de métal en bordure de la piste de danse. S'y élance, seul, un homme au pantalon noir bouffant, chemise de dentelle blanche, dont il fait froufrouter les manches larges, ballantes. Les yeux mi-clos, les paupières lourdes et fardées, il tourne, agite les bras, se paillette de toutes les lumières, au-dessus, qu'il peut saisir — spots, fins néons de diverses couleurs : un luxe nouveau, aussi. Il se laisse déporter, tellement ravi de se contempler, glissant au rythme de ce jerk lent vers les hommes accoudés au bar. Indifférents. Frôlés, ils ne se retournent même pas. Ils sont trop repliés, presque couchés sur leurs verres.

En t'accoudant près d'eux, en restant immobile à ton tour, le pied posé sur la barre du bas, te revient le goût âpre de toutes ces soirées où l'on demeure là, debout au bar, pendant des heures. Lorsqu'une vague connaissance entre, on lui lance un « bonjour » exagérément désinvolte, histoire de montrer aux autres qu'on n'est pas vraiment seul au monde. Le reste du temps, on prend un air détaché, un air de passage, alors qu'on ne cesse d'épier en douce l'arrivée de celui qu'on aimera enfin, qui va peut-être entrer ce soir dans cette boîte, venir s'accouder au bar à côté de vous, vous sourire, vous offrir sa peau à caresser, la seule peau qu'on aimera totalement, à y jeter sa vie entière, à y perdre sa vie. Non, il n'y a pas trente-six mille peaux qui puissent brûler contre la vôtre. Ça te crispe le cœur de penser que tu l'as bien rencontré, cet homme unique, que tu as vécu avec lui, et que tu l'as laissé partir, emporté hier matin dans une voiture noire.

S'il ne revient pas, Luis, s'il ne revient jamais, tu feras comme eux : tu seras ici, chaque soir, à attendre. Pour rien. Adoptant cette expression distraite, que l'on voudrait accentuer sur son visage, à mesure qu'ils entrent plus nombreux. Mais la nuit passe vite, et on repart, la poitrine trouée par le vertige de tous ces mots tendres qu'on ne dira pas encore cette nuit, non, pas encore. Au long des rues vides, on les rejette, ces mots. Vraiment ridicule d'avoir même songé un instant à les faire venir sur ses lèvres, mais pour qui, bon Dieu, pour qui?... Et on finit de les piétiner en rôdant dans les buissons de la citadelle pour bâcler la nuit — il serait temps de s'en débarrasser, de cette nuit — en une étreinte de quelques minutes, debout dans l'ombre.

« Qu'est-ce que vous prenez? » : le patron sans doute. Il se penche juste assez pour que, sous la lampe, resplendisse la broche de diamants au revers de son costume noir — très strict, vraiment. Mais se découvrent aussi toutes les rides de son visage : si diverses, désaccordées, contraires. Les marques des désirs multiples, et toujours contrôlés, maintenus au bord de la syncope, pour chacun de ses clients.

Lorsqu'il s'éloigne, se place au bout du bar, face à la porte, pour se figer dans une attente avide, il paraît faire corps avec l'un des nombreux tableaux suspendus au mur, en désordre, au-dessus de la rangée des bouteilles. Visages semblables, pâles, isolés les uns des autres par du noir, les yeux creusés de cernes larges et durs, pareils à des blessures à peine cicatrisées. Avec leurs joues blafardes, éclatées de graisse, leurs lèvres crispées, ce sont des visages de commères qui guettent, immobiles, complices, à des étages inégaux, au bord de la nuit, espérant qu'en sortira, pour qu'il soit aspiré et répercuté par leurs bouches déjà ouvertes, un potin.

Quelqu'un t'effleure le bras en venant s'asseoir sur le tabouret à côté. Il a les cheveux roux bouclés. Les yeux gris clair. La peau très fine. Le chemisier à rayures, entrouvert, découvre ses petits seins. Il passe plusieurs fois ses mains maigres, blanches, dans ses cheveux, ou sur ses hanches serrées dans un jean très collant. Avec nervosité. Comme est nervosité sa manière de fumer. De se baisser trop souvent pour rattacher la languette d'une de ses chaussures. Peut-être cassée; ce n'est pas sûr. Il se retourne, t'offre une cigarette, puis se penche pour ramener vers lui une revue de mode qui traînait sur le comptoir. Il la feuillette. Ses mains tremblent légèrement. Il s'arrête devant la photo d'une femme blonde, agenouillée sur une plage, en maillot blanc échancré. Il rapproche la revue vers toi, et à voix basse :

— Tu sais, je serai bientôt comme elle... je vais vraiment être Laura...

Frémissant, de te persuader de ce bonheur déjà.

— Appelle-moi Laura, tu veux bien?

Oui, tu veux bien. Pour qu'il sache qu'il ne peut être pour toi que Laura, personne d'autre jamais, tu répètes, en lui souriant :

— Oui, Laura.

Comme apaisé, il promène le bout de ses doigts sur ses lèvres. Puis il observe le bar — assez éloignés, les quelques hommes accoudés. Il incline son visage vers toi. Pour te parler sur un ton plus secret peut-être. Sur sa bouche, fièvre et alcool mêlés.

— On va m'ouvrir comme Celia.

Ce nom ne t'évoque personne.

— Tu ne te souviens pas d'elle?... mais si... souviens-toi... tu ne te rappelles pas le jour où on est allés la voir débarquer?... je suis sûr que tu en as entendu parler au moins... toute la ville était au courant... c'était l'hiver dernier, le seul jour où il a neigé un peu... tu dois t'en souvenir, j'en suis sûr... les quais étaient tout blancs... on lui a fait un de ces accueils!... on l'applaudissait tellement qu'on ne savait plus où mettre nos fleurs!... une véritable Reine...

Il se redresse, droit, sur son tabouret : un hommage, en somme, à cette Reine d'un instant qu'il voudrait devenir, là, devant toi.

— Une Reine, je te dis, quand elle est descendue dans son

manteau beige... elle avait l'air heureux, mais heureux!... c'est pas pour dire, jamais en ville je n'ai vu une femme aussi belle qu'elle... je te le jure... il y avait un silence... personne ne disait plus rien sur le bateau... même les porteurs, ils avaient posé les valises sur les quais... c'était formidable... et puis, on est allés dans un café, en face...

Sa voix à mesure se feutre, comme quand on parle en s'éloignant sous la neige.

— On a bu le champagne... on était rondes, mais rondes... elle nous a expliqué en détail ce qu'on lui avait fait... il paraît qu'elle n'a pas souffert, pas une minute... elle s'est mise à poil en plein café... et elle nous a montré... les mecs qui étaient là, ils n'en revenaient pas, je t'assure... ils bandaient sec...

Il referme la revue, se caresse à nouveau les hanches, puis baisse la tête. Lorsqu'un groupe d'hommes entre — rires et exclamations — il tressaille. La musique devient plus forte. Le patron te lance : « Pour un dimanche soir, il y a du monde, non?... »

Ils dansent tous à présent, c'est vrai. Quelle démolition, la vie. Tu pourrais danser ici avec Luis, jusqu'à la fin de la nuit. Juste son souffle dans le cou. Danser les yeux fermés, les mains et les ventres collés.

Laura te murmure :

— Maintenant, il y a un type en ville qui s'en occupe, au quartier Saint-Roch, mais personne n'a encore essayé... je vais être la première...

— Si c'est un type sérieux, il n'y a pas de problème... ça marchera très bien.

Sur ses lèvres, la trace d'un sourire. Il reprend la revue, la feuillette lentement.

Tu as peur pourtant. Sans savoir pourquoi, tu la vois en mauvaise posture, Laura. La première, là-bas, à être opérée, à se laisser ouvrir par la main d'un inconnu. Vraiment seule. Tu l'imagines allongée dans une salle blanche, avec la ville déserte, muette de chaleur autour. Une femme au-dessus d'elle lui dit : « Allonge-toi... on va tout éteindre, ma petite Laura... » Bientôt que du noir partout, et Laura qui se dit doucement : « Oui, déjà, dans une heure, je vais être femme, je vais être enfin Laura. Laura, ma chérie, je vais être toi, je vais avoir ta peau, ton haleine, ta voix, tes coudes, tes yeux, tes jambes, tes cuisses, ta vie, Laura, ton odeur, ta respiration, ton cœur, Laura... » Une heure après, Laura encore suffoquée, étourdie, Laura qui n'est plus qu'une bouche qui s'écarte à peine pour pousser de petits cris de douleur. Car elle souffre, elle est ouverte, il y a un trou noir et rouge là-bas, qui n'est pas joli joli, où elle ne peut même pas porter ses mains, elles sont trop lourdes, impossibles à soulever. Laura déchirée, éclatée, qui devra faire sécher sa blessure au grand soleil de l'île pendant des mois et des mois, Laura qui se roulera dans la mer, pour qu'elle lui apporte la cicatrice espérée, promise, mais la mer fait semblant, elle la roule, la recouvre, mais ne l'assèche pas vraiment. Jusqu'à ce qu'un jour, elle n'en puisse plus, Laura, elle veuille savoir si elle est femme enfin, si elle est bien Laura, pas une autre. Ce jour-là, elle prendra un homme, comme ça, au hasard. Elle lui criera : « Enfonce-toi, mon chéri... mon chéri... » Lui, il hésitera un peu bien sûr, quand il se retrouvera le sexe dressé au-dessus de la fente rouge, et tous ces traits inégaux, noirs, autour. Elle hurlera tellement d'impatience et de désir, qu'il devra appuyer ses mains sur ses jambes pour l'empêcher de gigoter. Il finira par lui enfoncer son sexe. Il y aura un grand silence de Laura devenant femme, Laura s'ouvrant, s'ouvrant encore, se déchirant, jusqu'à ce que son cœur aussi s'ouvre, se déchire, éclate.

Et cette peur pour elle te brûle tant, que tu lui saisis la main :

— Pourquoi n'attends-tu pas encore un peu?... ne te presse pas...

Elle relève la tête, te regarde, surprise. Tu appelles le patron, pour qu'il vous serve à boire. Il s'approche, en se trémoussant.

Laura finit son whisky. Elle s'éloigne, s'avance au milieu de la piste, vide à nouveau. Les danseurs ont rejoint les banquettes. Certains s'enlacent, s'embrassent, en se déboutonnant leurs chemises. Les longues mains de Laura, si agiles, glissent le long de son jean, ou s'élèvent sur les côtés. Elles épousent, en trouant, rassemblant, puis relâchant les fumées, les moindres secousses de la musique. Et quand elle se brise, la musique, elle écarte les jambes, penche la tête en arrière. Ses petits seins roses apparaissent. Presque femme ainsi, oui.

La porte s'ouvre. L'homme qui entre, d'une trentaine d'années, habillé de noir, larges épaules, yeux bleu pâle, doit être la cause des tressaillements de Laura tout à l'heure. Puisqu'elle s'arrête aussitôt de danser, reste immobile, les mains ramenées sur les hanches, les yeux baissés. L'homme s'élance sur la piste, la prend par le bras, s'écrie :

— Tu danses?...

— Non.

— Mais pourquoi?...

— Je suis fatiguée...

— J'arrive, et t'es en train de danser... ne me prends pas pour un imbécile...

— Tout à l'heure, je n'étais pas fatiguée.

— Oui, ça, c'est sûr... t'as bien dû te démener, encore...

— Laisse-moi tranquille alors, maintenant... laisse-moi tranquille...

Elle l'implore, essayant de poser ses mains sur ses épaules, mais il s'écarte, détourne la tête, exagère son air d'amertume : bouche tordue exprès, de dégoût.

— Non, non, c'est trop facile... je ne te laisserai pas tranquille, ma chérie, rassure-toi... tu crois que je suis tranquille, moi, à te voir baisée par les autres... à attendre comme un con... ça va pas la tête, non?...

Dans la boîte, plus rien ne bouge. Ils se sont redressés sur les banquettes, penchés en avant. Certains se sont levés, s'approchent, à mesure, du bord de la piste — visages tendus, avides, comme pour épier les moindres mouvements d'un combat, que rendent plus âpre encore les vibrations de la musique.

— Je te dis de me laisser tranquille... tranquille... t'entends?...

Elle baisse de plus en plus, la voix de Laura. Un souffle, presque.

— Tu ne vois pas qu'ils se moquent tous de toi, tous, je te dis... ils ne cherchent qu'une chose, tu comprends pas?... frotter leur queue contre ta petite pine, et aller dire aux copains : elle fait la maligne, elle se prend pour une bonne femme, mais il lui en reste un bout...

— Laisse-moi tranquille...

— Tu ne vois pas qu'ils essaient de voir si t'as un trou devant, et qu'ils vont se soûler la gueule après, ma petite... ma petite salope...

— Laisse-moi tranquille...

On ne l'entend presque pas, Laura. Une voix en lambeaux qui erre dans sa bouche, à la recherche obstinée et aveugle d'un lieu où s'écrouler puis se perdre.

Lui, parce qu'il doit sentir qu'elle arrive au bout de sa lassitude, il hurle :

— Et bien, moi... moi... t'entends... j'en ai marre que t'ailles te faire trafiquer ailleurs... j'en ai marre... pendant que je banque et que je banque (il froisse des billets imaginaires, fait claquer ses doigts)... ça va durer jusqu'à quand ça, hein?... ça va durer jusqu'à quand?...

Il lui saisit le bras, le lâche, le ressaisit. Plusieurs fois. Très vite. A chaque coup, il le pince à un endroit différent. Puis il prend une voix affûtée, doucereuse : la voix de Laura, mimée, déformée.

— Laisse-moi, mon chéri... attends, mon chéri... je serai ta femme, ta petite femme... je te ferai tout ce que tu voudras... mais oui... mon chéri... quand je serai opérée... crois-moi... tu verras, mon chéri... je serai la plus belle...

Éclate à nouveau sa voix propre, tendue de colère :

— La plus belle, mon cul!... Ça fait des années que ça dure, cette comédie.., je t'en gagnerai des millions à la pelle, que tu disais... de la merde et des poux que tu récoltes, oui... t'en as parlé aux autres (grand geste circulaire du bras pour nous prendre tous à témoin. Ricanements silencieux sur les visages de ceux qui sont rassemblés au bord de la piste) de ces sales bestioles que t'avais entre les cuisses, la semaine dernière?... non, bien sûr... non, non et non...

Il lâche Laura, trépigne. Un trépignement pour lui-même : peut-être qu'il espère se vider d'un coup de toute sa rage.

Les frissons envahissent Laura. A mesure, plus nombreux, plus durs. Ils naissent pas loin du cœur, s'élancent d'entre ses seins, vont lui étreindre le cou. Elle lève les bras, pour qu'ils y dévient, s'y dispersent tout au long, y disparaissent.

Effet inverse : ils refluent plus serrés, l'étouffent presque. Alors, elle se penche en avant, Laura ; elle se baisse, se recroqueville. Ils vont peut-être se dénouer, les frissons, se séparer, venir s'enliser au fond de son ventre. Accablée, les épaules voûtées, c'est une très vieille femme qui n'en aurait même plus assez d'énergie pour se traîner, Laura.

Tu veux aller vers elle, pour l'apaiser, lui rendre sa force, à Laura, son allure de reine. Mais le patron t'attrape le bras : « Reste tranquille... ça va faire qu'envenimer les choses, c'est tout... il finira bien par se calmer... il ne la touchera pas, tu verras... je le connais. »

Tu restes appuyé au bar ; sa main agrippée à ton bras.

— Mais qu'est-ce que c'est que cette nouvelle posture?...

Précaution, délicatesse et ironie dans les yeux, il la relève : il joue au garde-malade. Il fait quelques pas avec Laura, toujours voûtée ; puis il la rejette.

— Tu donnes dans le genre infirme, maintenant?... t'auras tout essayé, bon Dieu, mais t'auras tout essayé dans ta putain de vie... c'est pas vrai, ça!... et tu crois que ça ne commence pas à t'user, toutes ces comédies?... tu te rends pas compte, ma petite, que t'es complètement décatie? tu as vu ta gueule?... non?...

Elle lève un peu la tête, Laura. Les frissons ont disparu. Ils laissent des traces : des larmes roulent sur ses joues.

— T'es plus qu'une vieille tringle, tu sais... tiens, à propos de tringle, elle vous en a parlé de la tringle avec quoi elle voulait se défoncer quand elle était gosse... t'étais précoce, dis...

Laura se met à rire très fort. Très vite. Puis elle crie, en détachant soigneusement les syllabes, comme si elle se livrait à un exercice rigoureux de diction :

— Lai-sse-moi-tran-qui-lle.

Elle passe et repasse, d'abord lentement, puis avec précipitation, ses mains sur son jean. Elle essaie de le dégrafer, mais il lui colle trop à la peau; et, surtout, ses mains semblent si dépourvues de toute énergie qu'elles n'arrivent à rien. Ses mains, devenues plus légères encore, tourbillonnent, parcourent son visage, y font des traces avec les ongles. Des traces rouges. Elles vont dans ses cheveux, se cherchent, se rencontrent, s'emmêlent, puis se repoussent. Elle ne sait plus où elles sont, ses mains, Laura. Mille mains, ensemble. Ces mains qui appellent après le vide pour le saisir, l'appuyer tout contre elles, ces mains sont pareilles aux mains de Luis. Une nuit, sur la rampe du balcon. Jetées en avant, déjà, ses mains. Basculées presque dans la rue. Oui vraiment, pareilles aux mains de Luis.

Lorsque tu t'approches, le métal de la piste glisse un peu sous tes pas. Tu n'arrives pas à les attraper, ses mains. Elles dansent dans tous les sens, presque en accord avec le rythme de la musique — qui rejaillit rapide, te cogne contre les tempes. L'homme t'apparaît très loin, presque à l'autre bord de la piste, immobile, les lèvres serrées. Tu voudrais maîtriser cette tempête des mains; tu t'y égares, tu manques trébucher. Seuls points de repère entre elles : les cheveux roux, les yeux levés, les larmes sur les joues, les lèvres. Elle te reconnaît, Laura? : le mouvement de ses mains s'apaise. Elles s'isolent, viennent, en frémissant, vers toi. Tu les saisis, les retiens, puis elles s'échappent à nouveau. Quand elles reviennent enfin, elles ne bougent plus. Le visage de l'homme est tout contre toi. Sa bouche empeste la haine. Il te prend par les épaules, te rejette en arrière. Tu frappes avec les reins contre la rampe. Souffle coupé. Peau raclée, retirée à la gorge. Envie de vomir ton sang.

Tu avales un autre whisky. Là-bas, le chemisier de Laura est déchiré. Un sein apparaît. Excroissance rose, cerclée de blanc. Les cris de l'homme reprennent :

— C'est qu'ils lui sont revenus cher, ses seins, ses petits bouts, vous pouvez pas savoir!... elle a dû s'en faire faire des piqûres et des piqûres, hein, la salope!... et elle voulait pas se confier au premier venu, qu'elle disait!... elle jouait à la grande dame, en plus... alors que c'est qu'une chienne... vous entendez?... une chienne...

Laura s'affale sur la piste. Bras rejetés en arrière. Yeux fermés sous les spots. Laissant les jambes glisser sous elle, un sourire presque heureux d'être soudain si loin de tout. Comme ça, on dirait qu'elle entre, inclinée, dans la mer, avec tous les galets qui roulent sous son corps, puis l'entraînent. Laura suspendue entre nuit et mer, qui voudrait bien s'y enfoncer tout entière dans la mer, y disparaître, qu'on n'en parle plus. Mais tu es sûr que c'est sa volonté d'être femme, de revenir bientôt femme parmi eux tous, les jambes écartées, les seins droits, que c'est son désir de resplendir dans la nuit de tout son éclat pourpre de femme qui la fait tenir encore, se couler dans la fumée, la musique, oublier l'homme.

— Et tu vas pas me refaire le coup du : j'ai souffert, mon chéri... tu sais que je suis prête à souffrir tout ce que tu veux pour toi... pour toi... tu parles!...

Sa voix s'est adoucie, comme s'il regrettait quelque chose de lointain, de presque disparu déjà, et qu'il aurait une seule chance de retrouver : en s'apaisant, en maîtrisant sa fureur.

— Bon, ça suffit comme ça, Laura... tu danses maintenant, dis, tu danses?...

Immobile, il écarte les bras. Il attend qu'elle vienne s'y précipiter.

Mais Laura est agenouillée. Bouche ouverte. Elle se penche en avant. Prête à rejeter sa vie entière, à n'être plus qu'une ombre. Peut-être devient-elle pour lui en effet une silhouette presque méconnaissable, à force d'être accablée, défaite. Juste une ombre qui lui fait peur; puisqu'il se détourne, s'essuie la bouche, recule. Arrivé à la porte, il s'arrête, baisse les yeux. Seul se détache, dans la pénombre de l'entrée, son visage crispé. Puis il ouvre la porte. L'odeur tiède de la mer s'infiltre à l'intérieur de la boîte, dissipe les fumées. A peine peut-on l'entendre dire : « Tu oublies tout ce que je t'ai dit, d'accord?... », avant de disparaître.

Épaules à nouveau secouées de vagues nerveuses, Laura. Elle s'incline encore plus en avant. Comme si elle voulait poser ses lèvres sur la piste.

Tu vas l'aider à se relever, avant qu'ils ne reviennent danser. Elle se redresse avec peine. Ses cheveux sont trempés de sueur. Elle arrive mal à se soutenir à ton bras, en avançant vers le bar. Tu demandes un whisky. Elle ferme les yeux, boit lentement, la tête renversée en arrière.

Battent juste derrière vous les mains du patron :

— Allez, mes chéris... il faut pas que ces histoires d'amour vous donnent des cauchemars... moi, l'amour... il y a longtemps que je l'ai balancé... les mecs, c'est toujours la même chose... ils vous enfilent, vous prennent votre pognon, et ils vous plaquent... moi, j'cours plus après... j'attends qu'ils viennent se traîner à mes pieds... à mes pieds... vous entendez?...

Faux cils frémissants, lèvres léchées par cette langue, pâte énorme, rougeâtre, mal dégrossie :

— Il n'y a qu'une chose qui compte : ça...

Il vient de derrière le bar, se retourne, se donne une claque sur le cul. Signal général de la danse. Ils s'élancent tous en riant.

En avançant vers la porte, elle se remet à trembler encore un peu. Les tremblements qui la parcourent, la détachent chaque fois de toi, au moment où vous longez la piste, semblent la ramener sans cesse vers cet endroit où ils étaient tous noués ensemble, il y a encore quelques minutes, agités par la violence du souffle de l'homme. Elle repasse aussi plusieurs fois ses mains sur son jean.

Lorsque tu ouvres la porte, le patron vous crie quelque chose. Tu ne comprends pas quoi; tu voudrais te retourner, lui répondre, mais Laura est déjà dans la rue. La nuit y est si douce. Sur les arêtes claires des pierres, elle s'absente.

9

Elle s'est assise sur le rebord de la fontaine de la petite place éclairée, en contrebas. Tu y trempes ton mouchoir. Tu le lui passes sur le visage : buté, malheureux. Lèvres blessées de les avoir tant mordues, en se traînant sur la piste de danse. Elle s'efforce de te sourire. Ça fait seulement deux plis qui s'inscrivent à peine sur la peau, de chaque côté de la bouche. Elle devient très pâle, se retourne brusquement, se penche au-dessus de l'eau. Elle vomit. A petits coups réguliers, en s'agrippant à la barre d'acier.

Elle te redemande le mouchoir, s'essuie les lèvres, puis essaie de nettoyer les taches de son chemisier. Elle abandonne presque aussitôt. A travers une déchirure, son sein droit apparaît. Elle voudrait le recouvrir, en enfonçant davantage son chemisier dans le jean, en le faisant tourner. Mais elle ne parvient pas à le déplacer vraiment. Lassée, elle incline la tête sur ton épaule, pleure. Peu à peu, sa respiration se calme.

Elle recommence à trembler, quand des voix fortes et aiguës jaillissent dans l'ombre. Elle te dit précipitamment : « On s'en va?... » Elle ramasse ses chaussures, les prend à la main, puis se met à courir. Très vite. Tu as peine à la suivre dans cette série de rues en pente, qu'elle semble bien connaître — toutes semblables avec leurs trottoirs glissants, leurs immeubles aux fenêtres hautes, sans balcon.

Sa course s'efface presque au long des murs. Elle ne se retourne jamais; seuls se détachent dans la nuit devant toi ses cheveux roux.

L'odeur d'algues mortes te suffoque, quand arrivent les derniers escaliers avant les quais. Là-bas, en avançant sur les dalles, elle ralentit enfin. Elle va s'appuyer au grillage du square. Face au port. Elle y accroche les mains. Elle ne relève pas la tête en t'entendant approcher. Elle continue à haleter un peu. Soudain, elle se retourne vers le square, apeurée. Il est désert. Bancs vides, éclairés par le lampadaire central. Alors elle te regarde, te sourit. C'est un vrai sourire cette fois, qui lisse et détend son visage.

Avec son chemisier ouvert, ses cheveux pleins de boucles de sueur, son air d'abandon et d'extrême douceur qui l'envahit, estompe sur son front les derniers plis d'une tension farouche, elle devient vraiment femme, oui. Femme seulement attentive au calme de cette nuit, l'aspirant pour le recueillir dans son corps, pour qu'il l'habite tout entière, imprègne l'intérieur de sa chair. Elle doit lire dans ton regard, Laura, que tu vois déjà en elle cette femme : elle se laisse aller davantage sur le grillage. Le creux qu'elle lui aura bientôt imprimé sera celui d'une femme, au sang, au souffle, à la vie apaisés. Puis elle s'en détache, fait danser au bout de son bras ses chaussures. Elle s'appuie à ton épaule pour les remettre. La languette noire vers laquelle elle se penchait si souvent à son arrivée dans la boîte n'est même pas fendillée. Elle te prend la main. Vous traversez l'avenue. Vide. Au bout, les portes d'un entrepôt grincent. Un camion en sort, prend la direction des collines. Vous avancez sur les quais en enjambant les cordages, et contournant les treuils, les bâches. Vous descendez les marches. Sur l'eau, des taches d'huile miroitent, immobiles. L'un contre l'autre, vous écoutez les appels qui traversent le fouillis d'arbres, de toits et de grues au fond du port.

10

Elle se mouille le bout des doigts devant la glace pour redresser ses cils, puis enlever sur ses joues les dernières traces de larmes. Tu arrives enfin à ouvrir la fenêtre, en brisant le poids du sable qui depuis ton départ a eu le temps de partout s'incruster. De grandes nappes claires s'étalent dans le ciel, tentent de se rejoindre. C'est la fin de la nuit. Laura va s'asseoir au bord du lit. Elle retire son chemisier. Ses seins, aux très fines pointes noires, t'apparaissent plus petits maintenant. De simples boursouflures à la surface de la peau. Elle se penche vers les marques de la main de l'homme sur son épaule, les observe avec tristesse. Puis elle dégrafe son jean, le fait glisser le long de ses jambes. Minces. Blanches. Comme si elle avait soigneusement évité de les exposer au soleil. Elle remonte un peu son slip, s'allonge sur le lit. Elle te regarde.

— Tu ne vis pas seul?

— Non.

Elle s'est aperçue d'une absence dans cette pièce. Grâce au livre, encore ouvert de l'autre côté du lit? Au casque de moto, sur la table?

— Il est parti?...

— Oui.

— Pour longtemps?...

— Je ne sais pas.

Tu t'approches. Tu t'assois tout près d'elle. Elle te caresse la poitrine de sa main si douce. Puis elle se met à rire :

— Tu sais, hier soir, j'étais dans une boîte normale... au Nyx, tu connais?... un mec est venu m'inviter à danser... j'ai un peu hésité... mais il était tellement bien... j'ai préféré lui dire tout de suite... tu sais ce qu'il m'a répondu?... : « Je m'en balance... »... j'arrivais plus à danser ensuite, tellement ça m'a fait plaisir...

Et comme si elle dansait encore avec l'homme, elle serre un peu les jambes, ferme les yeux.

Tu écoutes sa respiration, calme. Puis tu t'éloignes, vers la fenêtre. La chaleur revient. Elle descend des collines. Immense, les jambes gangrenées de toutes les poussières, miasmes et débris que les vents de l'ombre lui ont rabattus dessus. Elle reprend dès l'aube sa garde sur la ville.

11

Le lit est vide. Laura est partie. Un bout de papier sur la table de chevet. Dessus, griffonné : « Merci pour tout, Laura. » Encore le parfum de sa peau rose, et une vague odeur d'alcool dans les draps. La trace de ses jambes aussi. Dans ta tête, tournent, s'effacent, puis réapparaissent les cris : « Tu danses, maintenant, dis, tu danses?... » Reviennent aussi la fontaine, le square, les marques sur son épaule. Tu t'allonges à sa place.

Parfois, te parcourent ses tremblements.

Il y a les chocs successifs, réguliers, des wagons sur les quais. Des appels lointains, assourdis par la brume de chaleur du matin. Des traces, des échos plutôt. De plus en plus rares.

Le vent vient de se lever. Il fait crisser sur le carrelage des débris de feuilles sèches. Sur la table, la poussière s'écoule sur le casque de Luis.

Il le prenait à la main, ce casque, te jetait une serviette sur l'épaule, disait : « Tu es prêt?... on y va... » Il courait déjà dans l'escalier. Le bruit de la moto en bas. Juste le temps de te lier à lui. Vos cœurs battaient aussitôt du soleil avalé à toute vitesse.

Tu voudrais n'être plus que cela : ce battement dans la lumière et le vent, pendant des heures.

12

Dès que tu franchis le seuil de l'immeuble, tu aperçois cet homme debout, immobile sur le trottoir, quelques mètres avant l'arrêt du tramway. Il te regarde avancer avec insistance, ne te quitte pas des yeux. Tu as la sensation nette qu'il t'attend là depuis longtemps. Quand tu arrives à sa hauteur, il te tend la main. Impossible de te souvenir de ce corps immense. Jambes hautes. La peau très brunie, légèrement enflée au visage. Les lèvres minces. Il te laisse à plaisir, semble-t-il, le temps de chercher dans ta mémoire. Vide. Et brusquement :

— Je suis le père de Luis.

Cela résonne terriblement en toi.

— Je voulais vous voir... je crois qu'il serait utile que nous parlions un peu ensemble.

Tu demeures interdit, incapable de lui répondre.

— Venez à la maison, ce soir par exemple, nous serons plus tranquilles pour discuter, maintenant cela m'est impossible, je suis pressé... j'ai un rendez-vous à mon bureau.

Il vient de parler très vite, pour annuler toute hésitation de ta part.

— Je ne connais pas votre adresse.

— Tenez.

Sur ses lèvres, une légère ironie. Il sort, de la poche intérieure de sa veste, une carte. Tu la prends, ne sais où la mettre. Tu la gardes à la main. Il a épié, évalué ton moindre mouvement.

— A ce soir, d'accord?...

Il te serre la main à nouveau. Cette fois, sa poignée est plus négligente, presque distraite. Il se retourne, traverse, s'engouffre dans la voiture en face.

Tu restes là, sur le trottoir, saisi. Pourquoi surgit-il dans votre vie au moment où on vient d'emmener Luis? Que veut-il te dire, lui qui ne s'est jamais manifesté, a toujours été pour vous un étranger? Lui, que tu n'as fait qu'entrevoir, une seule fois — cette scène furtive te revient : un soir, sur l'Esplanade, en croisant un groupe d'hommes et de femmes, Luis t'avait dit : « Tiens, c'est mon père là-bas, le plus grand au milieu... » Il vous avait aperçus à son tour. Il avait détourné la tête.

13

Avancent sur le sable les jeunes filles aux longues jambes maigres, aux torses aussi fins que des coquillages. Leurs mères derrière, les éternelles mères de la ville, avec leurs minuscules foulards sur leurs chignons bâclés, à moitié défaits, leurs pantoufles, leurs cabas de cuir. Déjà descendues avec peine du tramway, elles n'arrivent pas à les rattraper : elles soufflent très fort.

Tu marches en retrait. Il y a toujours quelqu'un pour t'effleurer, avec l'ombre d'un parasol, d'une balle, d'un rire, de gouttes d'eau.

Tu entres dans la mer enfin. Sa fraîcheur te surprend, te suffoque, t'entraîne. Un immense spasme de fraîcheur qui ne cesse d'éclater, envoûtant, retenant ton corps, puis le libérant, le livrant au soleil qui peu à peu s'immisce, s'écoule en toi par caresses violentes et précises, y rayonne brûlant de sel. S'évanouit le bruit des moteurs des hors-bord, s'estompent les voix des autres nageurs. Le temps se noie sans le moindre sursaut. C'est au soir improbable d'une autre vie qu'il t'a demandé d'aller le voir, le père de Luis, dans une saison illimitée, blanche. N'apparaît plus que le bleu du ciel au-dessus de la mer où tu te perds, son calme à peine troublé par les remous le long de tes bras, sur ton ventre : la respiration du silence.

Lorsque tu reviens sur le rivage, le vent s'est réduit à un souffle qui déplace à peine sur la pente de la plage les coquillages déchirés. Les algues autour étouffent leur crissement. Les jeunes filles disparues, ces coquillages? Trop assoupies, les mères, pour s'en inquiéter. En rang, immobiles. Occupées à contenir sous leurs mains l'enflure de leurs genoux.

Ce plaisir, de te retrouver allongé après le bain : encore vigoureux de l'effort accompli, et avide de repos. Tu enfonces la tête dans le sable, les yeux fermés, pour t'imprégner de toute sa chaleur, de sa solidité en fuite vers un creux de chair où le cœur va battre, s'enfouir.

Quand tu ouvres les yeux quelques instants plus tard, il te semble qu'on bouge sur le sable, tout près. A cause de la réverbération, t'apparaissent d'abord des ombres. Une voix insistante, régulière. Un homme demande à une femme de s'avancer. Tu ne vois de lui que son appareil de photo, ses cheveux blonds, longs. Elle, plus proche : elle enlève progressivement son peignoir de bain. Elle a les lèvres lourdes, gorgées de sel, des filles de l'île.

Il arrive en courant. Une idée vient sans doute de l'effleurer. Il la prend par l'épaule, la conduit devant une des cabines de bois où est placardée une affiche de cirque, presque intacte.

— Tu t'écartes un peu... tu te mets de biais... tu tends le bras... et tu la déchires... d'accord?... on y va.

Il recule. Elle, comme mue par une très secrète crainte? pudeur? politesse?, elle hésite à déchirer l'affiche. Il s'écrie :

— Vas-y... qu'est-ce que tu attends?...

Elle se ressaisit, commence à la déchirer, mais en fermant peu à peu les yeux. Elle doit vraiment l'aimer, le cirque, car elle met beaucoup de temps à détacher l'affiche. C'est un amour qu'il ignore, lui, puisqu'il fait éclater ses « flashes », avec de plus en plus de fébrilité, en criant : « Mais ouvre les yeux... bon Dieu... regarde-moi, et va plus vite... », jusqu'à ce qu'il s'interrompe, tombe à genoux.

Il caresse son appareil. Dans l'admiration de son exploit? Puis il lève son visage plein de sueur vers le ciel. C'est seulement là que tu le reconnais : David. Il tourne la tête, plisse les yeux. Et s'élance.

— Oh! Pierre!... qu'est-ce que tu fais là?...

Sa voix toujours : baignée d'un rire.

Tu ne dis rien. Tu regardes ce grand corps doré qui s'incline, s'étend sur le sable à côté de toi, te frôle. Derrière lui, elle vient d'enlever le haut de son maillot. Elle reste, les yeux fermés, les seins nus, le dos appuyé à la cabine, un ultime bout d'affiche lui effleurant le cou.

— Elle est belle, hein?...

— Oui, très belle...

Il joue avec sa fine chaîne en or. Parfois, il passe la langue dessus.

— Je fais des photos avec elle pour un magazine... elles sont pas mal... on a déjà fait plusieurs fois la couverture... j'en ai d'autres aussi... j'aimerais bien que tu viennes les voir... j'organise une expo la semaine prochaine.

— Oui, bien sûr... où habites-tu maintenant?...

— Chez Robert Teryl... passe un soir... comme ça, tu le verras aussi... c'est un chic type, tu sais.

Il se redresse légèrement sur les avant-bras, en te caressant le genou de cette peau qui n'appartient qu'aux gigolos. Douce et ferme, âpre et luxueuse, lisse et sauvage à la fois. Il baisse les yeux :

— Il a fait tout son possible pour Luis... vraiment tout son possible... je te le jure...

Les muscles de ses fesses se contractent un peu.

— Je lui avais pourtant dit, à Luis, que ça ne pouvait pas durer... Robert l'aurait gardé, bien sûr... mais tous les autres, à l'imprimerie, ils commençaient à en avoir marre de ses fantaisies, tu comprends?... il y en a même qui m'en ont voulu de l'avoir fait rentrer à la boîte...

En disant cela, il n'a cessé de frapper le sable à petits coups redoublés. Il redresse sa mèche assez longue et souple toujours pour qu'il puisse la rejeter en arrière, sachant combien d'élégance, d'invite au désir ce geste renferme. Dans un souffle, il te dit :

— Ne t'en fais pas, va...

Et sa main qui appuie sur ton épaule, avec cette force simple et naturelle que tu as toujours admirée, relance dans ton corps que tu sentais à nouveau fourbu, usé par le souvenir du renvoi de Luis, un sang allègre. Il rajoute :

— Et toi... tu travailles en ce moment?...

— Non, j'ai laissé tomber.

— Comment tu fais pour...

— Pour vivre?... je me débrouille...

Pas vraiment. Les billets donnés par Teresa : presque tous épuisés déjà. Peut-être reste-t-il un peu d'argent dans le tiroir de la table.

Il se relève, te sourit :

— Bon... il va falloir que je me remette au boulot... viens nous voir quand tu veux... promis?... en plus, la maison est fantastique.

Il appelle le mannequin qui ouvre les yeux, mais sans réagir, un peu hébétée. C'est en dansant presque qu'il la soulève, la tire vers lui. Et pour t'exhiber sa virtuosité, la maîtrise de son nouveau métier, il exagère sa légèreté, la rapidité de ses gestes et de ses ordres :

— Tourne... tourne encore... baisse-toi encore... écarte les jambes... voilà, remue, bouge les hanches, ouvre les bras... reviens très très nostalgique... voilà, très amoureuse... tu vois ce que je veux dire... voilà... moins vite maintenant, ferme les yeux, oui, ferme-les un bon coup, avance doucement, doucement, là, mais ne tombe pas, bon Dieu, on dirait que tu ne tiens plus debout...

Étourdie par le soleil? Elle flotte. Ses paupières battent très vite, fripées. Elle se retourne vers la cabine — regard perdu. Comme si elle souffrait de la voir si loin.

Il s'écrie :

— Allez... encore un peu, et on arrête... d'accord?...

Le vent se lève. Peut-être est-ce le bruit des vagues qui la ranime? Elle avance à nouveau.

— Pose la main sur ton ventre... bon, maintenant, fais-la glisser... là, plus bas... encore, encore plus bas... enfonce-la un peu dans ton slip, voilà... c'est fini...

Elle est immobile. Jambes plantées dans le sable. David enlève son appareil, va en courant le déposer dans sa cabine. Il revient, la prend par la taille, l'entraîne. Avant de s'élancer dans la mer avec elle, il se retourne, te fait un signe de la main.

Ils nagent assez vite vers l'îlot de rochers. Blancs, avec des plaques sombres de mousse. Des baigneurs y sont assis, silencieux.

Les chignons des mères, près de toi, se sont défaits. Elles laissent traîner leurs foulards sur le sable. Elles se désintéressent même de l'enflure de leurs genoux. Leurs filles ont vraiment disparu : leurs corps si fins n'apparaissent nulle part. La plage est vide. A part le groupe d'hommes rassemblés près du poste de secours.

Pour David, un jeu de ne pas réussir à grimper sur les rochers : il en profite chaque fois pour tendre son corps, le rejeter violemment en arrière. Un arc qui crève les flots, un arc bandé de chair, que le vent n'arrive pas à déporter, puis qui rejaillit, étincelle. Lorsqu'il bondit enfin près d'elle, il agite les bras au-dessus de son corps allongé. Elle se détourne. Il regarde à nouveau la mer, agite la main vers toi. Plus longtemps, cette fois. Comme pour t'appeler.

La sueur peu à peu t'aveugle. Tu entends les pas des hommes sur le sable. Le claquement des toiles. Des cris sur la mer. Mais ce n'est pas sûr, ils viennent peut-être de l'autre côté de la plage. Le soleil, immobile à l'intérieur de ta tête, brouille tout.

14

Sur les planches, le long de la mer blanche, la première vague des balades dans le soir. Jeunes femmes neurasthéniques, en robes de coton clair et livres à la main, vieux danseurs, familles de commerçants ruinés et honteux avançant tête baissée, enfants sages qui se risquent parfois à faire le tour des palmiers.

La jeune femme, assise à côté de toi au fond du tramway presque vide, te regarde en souriant :

— Vous ne me reconnaissez pas?...

— Non.

— Je suis dactylo à l'imprimerie... je suis une camarade de Luis... vous savez ce qu'il devient?

— Il est parti.

Ta voix nouée va exciter davantage sa curiosité, bien sûr.

— En vacances?...

— Oui.

Elle réenfonce, d'un geste sec, la barrette dans ses cheveux. Sert à quoi d'ailleurs? Les boucles aériennes s'en passent. Elle sait que tu mens. Très rares sont ceux qui partent de la ville. Tout voyage hors d'elle, en effet : un crime. Quand ils se risquent à revenir, ils paient cher leur audace. Boudés, mis en quarantaine, ils finissent un beau jour, n'y tenant plus, à bout de nerfs, par hurler les curiosités des pays inconnus. Ils racontent la neige, les chevaux rapides, les violettes dans les cheveux, les landes, les ponts à donner le vertige. De ces balivernes, on se moque. Pour cette prétention, on les dédaigne encore plus. Réduits au silence, ils s'inclinent, deviennent d'éternels exilés dans leur propre ville, y meurent en étrangers.

Elle a détourné la tête. Elle prépare sans doute d'autres questions, plus précises. De devoir lui répondre, ton esprit s'assoupit d'avance. Mieux vaut regarder l'énorme femme en face, au corsage presque éclaté. Le tissu de sa robe doit être drôlement solide pour supporter une telle pression des seins, des halètements aussi rapides. Ses doigts boudinés, pleins de bagues, essayent de tracer des lettres sur le bas de la vitre où du sable reste incrusté. Une tâche sans fin; rendue presque impossible par les incessantes secousses. Les bagues n'arrêtent pas de crisser.

Ça doit accroître son énervement à elle, la dactylo. Et aussi, sans doute, les sursauts du tramway qui vous projettent l'un sur l'autre. Rien à faire pour les éviter. Elle ramène ses mains en arrière, essaye d'enfoncer sa barrette. En vain. Et puis :

— Il a bien fait de partir... il commençait à devenir vraiment désagréable... avec son air un peu... un peu cinglé... vous ne trouvez pas?...

Voilà, c'est dit. Lâché. Tu reçois ça en pleine poitrine.

Arrêt. Elle se précipite. A peine son « au revoir », aigre. La porte manque se refermer sur elle, qui se jette dans le vide. Cette fois, la barrette se détache. Sur le trottoir, accroupie. Cuisses trop blanches, découvertes par le vent. Des silhouettes s'assemblent autour.

Le tramway roule plus lentement. Il entre dans la ville. La femme, en face, est parvenue à fabriquer un « b » de sable, sur la vitre. Souffle, pouffe, soûle de fierté. La toile craque. Seins, cœur se détendent ensemble.

Dans le parc du Chemin-Vert, les kiosques sont allumés. Les enfants courent sur les pelouses. Ils se renversent parfois dans les énormes massifs de fleurs. Pas brûlées, celles-là. Au contraire. Leurs couleurs éclatent dans le soir.

Peut-être des traces, ces fleurs, du très ancien bonheur qu'aurait connu la ville. Les vieillards du port le disent sur leurs pipeaux, les soirs de fête. A la fin du carnaval dernier, parmi l'odeur du goudron, de l'osier mouillé et la rumeur des musiques lointaines, Luis avait resurgi devant toi, un vieux chapeau à la main, les cheveux pleins de sueur, encore enivré des jours passés à danser avec la foule; il t'avait aussitôt entraîné vers eux. Et assis sur les dalles des quais, main dans la main, vous les avez écoutés vous raconter ce miracle : la ville débordait de fleurs, cet été-là du siècle passé; de véritables cascades, paraît-il. Tellement étourdis, poumons embaumés : on perdait la tête, on se cognait les uns aux autres, on s'embrassait, on se suivait, on arrivait n'importe où. Beaucoup étaient montés sur un navire à la ferraille au bout du port; sur les ponts éventrés, la tête contre les passerelles rouillées, jambes pendant dans le vide, ils ont joué au trictrac en attendant un départ pour l'île. Plus tard, quelqu'un a juré avoir vu des nonnes se tresser, sur leurs poitrines nues où la sueur dégoulinait, des colliers de fleurs, et être contraintes, pour prier en paix, de s'éventer avec les feuilles déchirées de leurs livres de prières. A cinq heures, on allait se promener sur les rails, suivis par les panaches des fumées; et basculés par les machines, on croyait s'adosser à d'autres haies de fleurs — simplement plus noires, plus dures, celles-là. On s'allongeait en bandes sur les pianos de la mairie, pour y rester des nuits entières à se faire lécher les pieds par les chiens ivres. Dans le parc, c'était le comble : on dormait ensemble, enlacés, dans les bassins ou sur les arbres; on ne se réveillait pas.

Tu étais accoudé avec Luis au balcon. C'était un matin de novembre aussi doux qu'un matin d'été. Montait vers vous l'odeur mêlée de toutes les fleurs de la ville, à peine mouillées par la pluie de la nuit. Quelqu'un à la radio annonça que Pier Paolo Pasolini venait d'être découvert mort sur une plage.

Les lumières s'allument dans le tramway. Il s'arrête. C'est la fin de la ligne. Le quartier Bel-Air. Série d'immeubles bas parmi les arbres. Quelques vieilles villas aussi, perdues. Tu aides la femme à se lever, à descendre sur la place.

15

Il t'ouvre la porte, se retourne aussitôt. Il avance, immense devant toi, dans l'ombre, le père de Luis. Juste la lueur faible d'une lampe, au-dessus d'une table, encombrée de plans, de maquettes de bois ou de toile, de rouleaux de papier. Tu es obligé de marcher à tâtons. Il y a heureusement cet autre éclat bientôt, pour te guider : les lampadaires du square en face qui s'allument, découvrant les nuées d'insectes immobiles, le brouillard suspendu, jaune, vert et noir, d'ailes et de pattes. De son bras tendu, il t'indique un fauteuil.

Il s'assoit en face. Son regard fixe réveille en toi la peur. Et impossible, là, de t'enfoncer dans quelque fantaisie ou rêve, pour y échapper. Il s'écrie :

— Lucie, ma chérie... viens... c'est l'ami de Luis.

Une porte s'ouvre. Cheveux blonds décolorés encore mouillés. Elle s'approche, te serre la main. La clarté des lampes qu'elle va allumer les unes après les autres révèle les muscles de ses jambes, ses mains fermes, ses larges fesses, qu'il caresse au moment où elle revient s'asseoir à côté de lui.

Il se penche un peu en avant :

— J'ai téléphoné au médecin... tout s'est bien passé, je crois... je sais que c'est toi qui as préparé ses affaires... en somme, tu es le dernier à l'avoir vu...

— Oui.

— Tu es un petit privilégié... si... si... un sacré privilégié... moi, je ne sais même pas quand je l'ai vu pour la dernière fois... tu t'en souviens, toi, Lucie?...

Elle se détourne légèrement. Grâce à la lampe placée au-dessus d'elle, tu distingues la racine noire de ses cheveux. Il pose sa main sur sa nuque, lui secoue la tête, la fait ballotter dans la lumière et l'ombre tour à tour, en ne cessant pas de te regarder.

— Tu vois, elle ne s'en souvient pas, elle non plus...

Entrent dans la pièce les appels des derniers limonadiers qui reviennent de la plage et rejoignent les chemins des collines. Tu voudrais être là-bas, à marcher à côté d'eux, les aider à pousser leur carriole, parler avec eux de Luis, tranquillement, dans la nuit.

— Ça fait combien de temps que vous habitiez ensemble?...

Tu ne sais plus. Resurgit seulement dans ta mémoire le quai, ce soir-là. Luis arrivé au bout, se retournant. Toi, te levant du banc. Et bientôt vos corps serrés contre le mur de l'entrepôt.

— Je te demande ça parce qu'il y a eu toute une période où on ne l'a pas beaucoup vu... hein, ma chérie?...

Elle s'incline, les bretelles de sa robe glissent sur ses seins lourds et dorés. Puis elle relève brusquement la tête, ferme un peu les yeux.

— N'exagère pas, Paul, on l'a quand même vu de temps en temps...

— De temps en temps, comme tu dis... toujours en coup de vent... on aurait dit qu'il avait la bougeotte... bonjour, et hop! parti! même pas le temps de discuter un peu avec lui... de savoir où il en était.

Il détourne le regard, fixe avec intensité quelque chose là-bas dans l'ombre. Ou quelqu'un, qu'il serait seul à voir — Luis? Un lambeau de douceur profite de son silence pour se promener dans ses yeux.

— Pourtant, avant, on s'entendait bien tous les deux... surtout pour nager... on arrivait toujours pile à la même seconde à la bouée.

Tu les imagines, les bras côte à côte appuyés sur la bouée, têtes renversées en arrière, bouches battant du même souffle d'épuisement heureux, d'aspiration brutale du soleil.

— Tu te souviens, Lucie? les vacances qu'on a passées ensemble, la dernière fois, c'était formidable, hein?...

Elle rit, Lucie. Un autre été, c'est vrai, resplendit dans ses cheveux. Un été blond si violemment décoloré soudain, qu'il les embrase, ses cheveux, finit de les sécher.

Des insectes viennent cogner contre les vitres ouvertes, s'y plaquent, grésillent. Elle se lève précipitamment, va y frapper plusieurs fois. En vain. Les insectes lui échappent. Elle continue à ébranler les vitres de plus en plus fort. Puis elle s'exclame : elle a réussi à en écraser quelques-uns. Elle secoue sa main salie, court, disparaît au fond de l'appartement. Il se lève à son tour, crie : « Mais qu'est-ce que tu as, ma chérie?... qu'est-ce qui se passe?... », en la rejoignant.

Du temps donc, pour reprendre ton souffle, interrompre l'étourdissement de cet interrogatoire. Écouter la danse des caisses sur les genoux des cireurs. Là-bas, sous les arbres de la place, quelques vieilles femmes sont venues s'asseoir. Immobiles, silencieuses, souriantes devant cette ombre qui voltige sous les lampadaires. Comme si c'était pour elles un véritable plaisir de la sentir proche, la mort toute noire, baladeuse. Ces femmes, pour toi : des alliées.

Ils reviennent en se tenant par la taille. Des gouttes d'eau sur les lèvres. C'est elle, cette fois, qui s'assoit en face de toi. Parcourue de frissons. A cause, sans doute, de la robe mouillée qu'elle n'a pas voulu changer. Lui, il marche dans la pièce, vient derrière toi, s'arrête. Tu sens dans ton dos le poids immense de son corps. Tu l'entends allumer une cigarette. Elle baisse les yeux. Il se remet à marcher. Tu le revois, près de la vitre. D'un léger revers de la main, il efface les restes d'insectes écrasés, se retourne :

— Je te l'aı déjà dit ce matin... il y a longtemps que j'ai envie de parler avec toi.

Il revient s'asseoir — regard plus fixe, encore.

— Si je t'ai demandé tout à l'heure depuis combien de temps vous viviez ensemble, c'est parce que c'est à peu près la période où il a commencé à pas tourner rond du tout... mais alors là, pas du tout (frissons de Lucie. Ils proviennent toujours de sa robe mouillée?)... je ne te dis pas ça, tu t'en doutes bien, pour t'accuser d'y être pour quelque chose... au contraire, je pense que c'est toi qui lui a mis un peu de plomb dans la cervelle... qui l'as équilibré.... enfin, qui as essayé (trace d'un sourire sur ses lèvres)... tu lui as arraché quelques mauvaises herbes de la tête... quelques-unes... car il commençait à en avoir pas mal... mais, dis-moi, il y a une chose que j'aimerais bien savoir tout de même... quand est-ce que ça a vraiment commencé tout ça?...

Tu essayes de résister à la colère triste qui t'envahit, de la transmuer en douceur :

— Je crois que c'est le moment où il a commencé à en avoir assez de son travail.

— Son travail! son travail!... qu'on ne me parle pas encore de son travail! Combien de fois je lui ai proposé de venir travailler dans ma boîte... je ne suis pas chef de chantier pour rien... et puis, je connais beaucoup de monde en ville... tu le sais bien... on lui aurait toujours trouvé une autre place... pour ça, il fallait qu'il aille voir les gens... qu'il fasse, de temps en temps au moins, une visite aimable... mais monsieur disparaissait, fuyait... introuvable... ou alors, il restait isolé... pourquoi vous restiez isolés comme ça?...

Elle s'écrie, presque :

— Mais c'était leur droit, Paul...

— Bien sûr, c'était leur droit... leur droit... (songeur, comme s'il faisait tourner ce mot devant lui, l'évaluait, en considérait pour la première fois l'étrange matière sonore)... mais il y a isolement et isolement... deux garçons qui restaient enfermés de cette manière, tu ne vas pas me dire que c'était normal, non?...

Tu voudrais lui dire que vos vies s'étaient agrippées l'une à l'autre, rivées à la terre brune, de l'autre côté de la ville, le lui crier. Mais ce sont d'autres paroles plus légères qui viennent sur tes lèvres :

— Vous savez, on n'était pas si isolés que cela... on sortait souvent...

— Où?

— Au théâtre, par exemple... Luis faisait partie d'une troupe, depuis le début de l'année.

— Ah oui! il paraît qu'il a fait un beau scandale!...

C'est elle qui maintenant s'emporte. Vraiment, elle ne doit pas supporter le théâtre, ou les insectes. Elle se lève à nouveau, va frapper sur la vitre. Pour rien, cette fois. Sa main est meurtrie, vide.

Il ne s'est même pas retourné. Il se penche en avant à nouveau :

— Mais enfin, pourquoi, quand il a commencé à ne plus aller à son boulot, tu ne l'as pas obligé à se lever... au lieu de laisser faire... ça ne te gênait pas de le voir allongé des journées entières, sans bouger?...

— Comment le savez-vous?

Il est surpris par ta question, baisse les yeux.

— Mais je le sais...

Tu profites de son hésitation :

— Je n'ai jamais voulu lui imposer quoi que ce soit... il était libre.

— Libre! libre!... c'est pour ça qu'il se retrouve entre quatre murs, à vingt-cinq ans, complètement abruti par les calmants... un véritable vieillard... il s'en est bien servi, de sa liberté!...

Un silence profond, soudain. Ni de gêne ni hostile. Non. Un silence mat. Le silence, en creux, de l'absence. Comme si vous aviez décidé de ne plus rien dire, de respirer à peine tous les trois, pour bien entendre la porte qui va s'ouvrir. Luis rentrant, déposant son sac de plage, secouant sa tête mouillée. Elle, s'écriant : « Ne secoue pas la tête comme ça... tu vas tout salir », son père : « Tu entends ce que te dit Lucie?... », toi : « Qu'est-ce que tu as fait, jusqu'à maintenant? »

Elle vient te prendre le bras : « Vous savez, du balcon, on voit le phare de la Corniche. » Tu te lèves; tu la suis. Tu entends le glissement de ses pas, à lui, derrière.

Vous êtes, tous les trois, légèrement appuyés l'un contre l'autre, sur le balcon. La lumière du phare balaie les quais, les plages, les terrains vagues. Elle permet d'apercevoir la tache claire de l'île. Un oiseau se pose sur la gouttière. Lucie se penche pour essayer de le saisir de sa main tendue, ouverte. Il est déjà parti, dans la nuit.

Sur la place, la lourde masse accablée de l'une des vieilles femmes, restée seule. Appuyée contre un arbre, elle tourne très lentement, piétine, soulevant avec ses pantoufles un peu de poussière. Elle semble vouloir traîner avec son corps toute sa vie derrière l'arbre, là où c'est complètement obscur.

Il se met à crier :

— Qu'est-ce qu'elle fabrique, celle-là?... elle écrase des raisins?

Lucie, doucement :

— Tu ne vois pas qu'elle a l'air mal en point?...

Comme pour lui donner raison, la vieille femme s'arrête. Elle semble s'asseoir sur elle-même. Elle n'arrivera pas à atteindre la haie. Il se retourne brusquement vers Lucie, puis vers toi. Il t'emprisonne sous son regard.

— J'en ai assez de tous ces gens qui jouent la comédie... assez!... assez!...

Il hurle dans la nuit. Il veut peut-être que la nuit entière cesse de jouer la comédie, qu'elle fasse sauter de sa propre main, d'un coup, toutes les étoiles qui lui cousent le ventre, pour qu'en crève, en émerge la vérité nue, et pourquoi pas, encore étourdie d'être lâchée dans l'univers, pleine du sang du ventre ouvert de la nuit, elle viendrait atterrir, là, sur le balcon, entre vous trois, la vérité, et il la prendrait à bras-le-corps, pour bien vous la montrer, en continuant à hurler comme maintenant : « Y' en a marre de cette comédie... y' en a marre... vous entendez?... »

Oui, qu'il continue à hurler, qu'il s'en enivre de ses hurlements, que leurs tourbillons serrés lui en perforent la tête jusqu'à ce qu'il se renverse, un vol plané assez lent pour que tu puisses voir ses yeux blancs affolés, sa grande gueule tordue par une grimace d'épouvante, ses mains battre après le vide. Et tout son corps, enfin immobile, cloué sur le trottoir.

« La comédie, assez! » : il le répète encore une fois, ou bien juste un écho de son hurlement?

Au bout de la rue, un groupe de promeneurs s'est arrêté. Ils croient peut-être à quelque réplique emphatique d'un acteur dans une pièce qui se parodierait elle-même, genre « comédie dans la comédie », qu'on donnerait dans un théâtre d'été, en plein air, au milieu des arbres.

Elle t'entraîne à l'intérieur de la pièce. Tu sens à nouveau, derrière toi, l'écrasante présence de son corps qui avance. Et au moment où vous vous rasseyez :

— Luis, d'ailleurs, c'est que de la comédie.

Ça te déchire.

Elle, d'une voix sourde :

— Pourquoi tu dis ça?

Il s'appuie à la table, repousse des rouleaux de papier, te fait face :

— Parce que s'il avait eu un peu plus de courage, il n'en serait pas arrivé là.

Une grande lassitude t'envahit. Et pas par provocation, non, simplement parce que ce mot, tu ne sais plus ce qu'il veut dire.

— Qu'est-ce que c'est pour vous, le courage?...

— Tu veux que je t'apprenne ce que c'est?... c'est simple : savoir se contrôler... savoir ce qu'on veut dans la vie.

— Ce n'est pas toujours possible...

C'est Lucie qui esquisse le geste de se lever, mais s'arrête, retombe dans son fauteuil, quand il se remet à crier :

— Rien n'est possible, bien sûr, quand on est lâche (elle veut lui agripper le bras pour l'apaiser. Il l'écarte)... tu crois pas que j'en ai pas besoin, moi, en ce moment, de courage... quand, le matin, en arrivant au chantier, ils me regardent tous, en ayant l'air de me dire : ça t'a pas empêché de dormir de penser à ton fils cinglé?... il arrivera un moment où je ne pourrai même plus leur donner des ordres, aux gars... un jour, il y en aura bien un qui finira par me lancer : avec un fils cinglé, tu peux fermer ta gueule... elle est complètement bouzillée, ma vie... infectée... tu comprends?... toi, ça ne te gêne pas, bien sûr...

Tu cries, à ton tour :

— Pourquoi?...

— Parce que... parce que...

Lucie lui pose la main sur la bouche. Contre ses doigts s'écrasent d'autres mots. Ravalée, sa rage à la gorge lui bouillonne.

Un vent plus frais entre dans la pièce. Sur la place, là-bas, les réverbères s'éteignent.

Elle vient d'enlever la main de sa bouche. Il hurle :

— Va-t'en... tu entends?... va-t'en...

Tu avances, à l'aveuglette. Tu te souviens seulement de ce que Luis t'avait raconté. Il y a quelques années, son père, au milieu d'un repas, lui avait soudain renversé la table dessus, puis s'était mis à le piétiner. Luis, cette nuit-là, près de la fenêtre ouverte, tu l'entends encore dire, en riant : « Tu te rends compte un peu?... » Un effort considérable, tu fais, en atteignant la porte, en l'ouvrant, en te retrouvant dans l'obscurité complète sur le palier, pour essayer de te rappeler ce que tu lui avais répondu, à Luis. Rien, peut-être. Le soupçonnant même de fabulation, mythomanie, excès. Excessif en tout, on disait de Luis. C'est la vie qui est excessive, oui.

Elle descend avec toi l'escalier. Elle te parle; tu ne l'écoutes pas. Elle semble s'arrêter enfin sur le palier du premier étage; mais non, tu l'entends avancer à nouveau derrière toi.

La rue est vide. Ils ont déjà éteint les lampadaires, sur la place. Des éclats de voix : les promeneurs de tout à l'heure derrière les arbres? Elle va te prendre le bras. Tu repousses sa main.

16

Avancer sur le trottoir, en ne pensant à rien. En oubliant ton impuissance devant cette force immense et secrète qui a arraché Luis à lui-même, l'a arraché à toi. N'être plus rien. Ouvrir sa gorge, sa poitrine, pour qu'il emporte tout, le vent. Une opération si facile, si discrète, ni vu ni connu, qu'il pourrait réaliser; de la chair évadée par un corps ouvert, bien ouvert — à en entendre craquer, rompre les derniers ligaments. Et puis entraînée, dissoute, elle deviendrait du vent, la chair. Rien que du vent.

Mais non. Trop de sueurs froides encore. Et trop de frissons. Ces sueurs et ces frissons : les traces de cette si douce vie humaine qui ne veut pas se dessaisir de vous, qui ne veut pas vous lâcher comme ça, qui vous retient là, juste au-dessus des côtes, qui y appuie bien fort, avec ces bras de plomb. Mais pas complètement : elle vous laisse un peu de souffle à exhaler, à gaspiller, pour vous en donner la preuve, de sa vigilance, à la vie. Pas possible de la jouer, de se dérober, de se perdre à sa vue. Et ces frissons, ces sueurs : la preuve aussi qu'elle vous tient, de tous les côtés, la peau. Elle résiste. Rien ne l'ébranle. Une véritable muraille. De partout, elle vous cerne. Et pas la peine d'agiter les mains, de se tordre le ventre, de s'affaisser, elle ne va pas éclater d'elle-même. Une ruse, quand elle fait semblant de s'affaiblir, de se détendre, à s'en rendre transparente — là, au creux de la poitrine — vous donne l'espoir que le vent va profiter de sa fragilité à cet endroit, pour la percer. Non. Tendue, droite, unie. Se battre pour rien, contre elle. Qu'une seule balle de fusil pour la provoquer, cette débandade de la peau. Elle glissera alors, entière, par cette ouverture; elle les rameutera à toute vitesse, ses frissons et ses sueurs, et ses moindres parcelles. Seulement à ce moment-là une panique de la peau. Pas avant.

Tu es sur tes genoux. Tu as dû tomber de toute ta masse. Tu tends les bras en avant. Tu commences à vomir lentement. Tu les vomis, les mots qu'il t'a jetés, le père de Luis. Ils tourbillonnent dans ta tête, comme des pierres brûlantes, avant de venir s'assembler au fond de la gorge. Mais ils affluent trop nombreux, tu n'arrives pas à les vomir tous. Certaines de ces pierres même se plantent dans ta gorge. Vomis, continue à vomir. Il y a bien là-bas, au fond de tes entrailles, quelque chose que tu voudrais vomir par la même occasion, et qui maintient uni ton corps, l'empêche d'être dispersé par le vent. Mais ça : perdu d'avance. Tu as beau essayer de t'ouvrir complètement, d'avoir le souffle écharpé par cet effort, tu sais que tu ne peux pas, non, tu ne peux pas arracher du fond de ton ventre, la peur — ta peur. Cette espèce de poulpe bien large, bouffi de toute ta chair, qui s'y est creusé, là-bas, au fond de ton ventre, par mouvements secrets et réguliers, un antre où il se love, qu'il agrandit, aménage au fil des années, au fil de ta vie. Pas question d'en sortir, il te la bouffe complètement, ta vie. La belle déchirure gloutonne, implacable, d'une bête qui ne doit pas seulement subsister, il lui faut aussi s'engraisser. Un festin pour un seul hôte qui ne saurait pas où donner de la tête pour tout goûter en même temps, tout consommer jusqu'au bout.

Pas la peine, Pierre, d'avoir ces réflexes de noyé qui voudrait s'enlever toute l'eau qui commence à le moisir. Non, il ne te quittera qu'à la mort. Il sortira de toi en même temps que ton dernier soupir, repu de ta vie entière: il n'aura rien laissé de côté, il commençait même à en avoir assez, lassé de se gaver des mêmes émotions — presque dégoûté à la longue. Et il remontera avec des gestes emphatiques, ruisselant de sa splendeur pourpre. Il viendra échouer dans ta bouche, s'y étalant, la défonçant pour exhiber sa victoire. Ceux qui te verront crever, ils en rigoleront, que tu aies eu, dans ta vie, cette peur-là. Une peur qui s'est enflée d'un coup, est devenue énorme le jour où Luis est parti. Cette peur : pas simplement une silhouette de passage qui vient vous faire une visite en coup de vent, une visite de courtoisie en somme, profitant de votre solitude, d'une saison délabrée de votre existence, histoire de se rappeler à votre souvenir. Son père, il savait, lui, que tu as une belle peur, une belle peur rouge, exactement de la couleur de ton sang, qui s'écoule dans ton corps au même rythme que ton sang, qui est ton sang même. Pour que tu ne l'oublies pas, il lui a suffi de te parler, de te condamner à venir te traîner sur ce trottoir : « Va-t'en... tu entends?... va-t'en. »

17

Cette douleur dans le dos, de plus en plus profonde, et que tu tentes d'apaiser en agrippant le rebord de la table de ta chambre, à peine te souviens-tu maintenant de son origine : le coup de pied que quelqu'un, sur le seuil d'une porte où tu avais fini par te coucher cette nuit, t'a balancé dans les reins en hurlant : « Mais qu'est-ce qu'il fait, celui-là, avec toute cette saloperie?... » Tu as été projeté en avant, mais sans rien heurter. Une danse flasque ensuite dans les rues, jusqu'à chez Teresa. Ses mains qui se seraient posées sur tes tempes, qui t'auraient apaisé, empli de la douceur de sa raison bienveillante, tu les as attendues en vain, pendant des heures, au haut de l'immeuble désert. Sa seule apparition pourtant aurait suffi pour ancrer enfin le monde. Mais dès que tu la reverras, elle t'aidera, oui. Par ses relations, par sa tranquille volonté, elle obtiendra que tu revoies Luis, au moins une fois. Pour qu'il sache que tu ne cesses d'attendre son retour. David, Robert Teryl t'aideront aussi. Robert Teryl a une puissance incontestée en ville — reconnue dans tous les milieux.

Pour oublier les cris de la nuit qui résonnent encore en toi : « Va-t'en... tu entends?... va-t'en », tu concentres ton attention sur la lumière, curieuse, de cet après-midi. Bien que tu sois assis face à la fenêtre : elle ne t'éblouit pas. Elle s'étend, anormalement grise, sur les toits, les terrasses. Comme s'il y avait une éruption du volcan de l'île. Mais une éruption inoffensive, délicate. Un vieillard aveugle, ce volcan, qui, lassé de son immobilité, aurait décidé de se secouer de sa léthargie, de se débarrasser de sa carapace de boue sèche, de se mettre debout enfin au bord de la mer, et de lui jeter, de ses mains ouvertes, faibles, toutes les cendres qu'il lui reste, son trésor caché.

Tu fais tourner sous tes doigts le tract que tu as trouvé sous la porte, en rentrant tout à l'heure, avec ces mots gribouillés dessus : « On aimerait avoir de tes nouvelles. Salut. Hélène. » Tu manques le lâcher, le laisser aller sur le carrelage, mais te retient la sensation que tu peux, par ce seul geste, heurter à distance la silhouette vigilante, obstinée, presque farouche d'Hélène, blesser son visage où les années de militantisme, d'oubli de soi, ont estompé tout éclat trop vif des lèvres, des yeux et de la peau.

Tu as beau maintenant les fixer, ces mots : « Manifestation... 2 septembre... 18 heures », puis les faire circuler partout en toi, ils n'y soulèvent pour la première fois aucune émotion, aucun élan. Ils n'évoquent plus rien. Creux, inutiles — face à l'absence de Luis.

Tu pourrais pourtant aller les voir, les camarades. Leur dire que si tu ne leur as pas donné de tes nouvelles, que si Luis n'était pas revenu vers eux depuis de longs mois, c'est qu'il s'était éloigné de la vie, Luis. Puis qu'on l'avait emmené.

Ils te parleront pendant des heures avec un entier dévouement. Ils voudront à tout prix anéantir ta souffrance. Ils démonteront ensemble le mécanisme dont le poids t'a suffoqué cette nuit. Ils lui découvriront, à cette souffrance, des causes générales, implacables. Ainsi expliquée et clarifiée, elle s'évanouira d'elle-même — ils le croiront du moins. S'ils te voyaient baisser la tête malgré tout dans un nouvel accès de doute, ils te rappelleraient les affiches jusqu'à l'aube, grimpé sur les épaules de Luis, les réunions ferventes, les fêtes.

Surtout, ils te diront : attends, oui, attends encore. Attends et combats, toi aussi, jusqu'à ce que le vent de vigueur d'un commencement vrai vienne assécher ses plaies ouvertes. à la vie.

Mais attendre quoi, au juste? Qu'un autre ordre apparaisse dans la ville, pour que Luis soit aussitôt ramené? Des années peut-être. Et même alors, ils risquent de ne pas se souvenir de cette maison là-bas, dans la plaine.

Il n'y a pas de plus tard. Finie, cette sensation apaisante du plus tard. Elle s'arrache de toi.

Ça te fait mal. Le temps est nu, à vif. Écharpé de la peau lisse d'un rêve futur où s'étendre. Au fond de la durée vide, s'effacent les traces des pas ensemble vers une cité fictive où les murs n'auraient été que des miroirs de plaisir.

Ces images, seules, te restent accrochées au ventre — dissociées, mais proches : les fronts cognés contre les rebords des baignoires, les nuques écrasées à coups de pioches, les charniers d'enfants, les yeux crevés, les hommes poussés dans les voitures, on ne saura jamais vers où.

Il reste ces images. Et le vide.

Mais impossible de se laisser aller dans ce vide. Tu dois être là, lorsqu'il sortira, Luis. Lorsqu'il reviendra.

Regarder au contraire ce vide en face, et savoir que c'est dans le corps de Luis que toutes les richesses retirées du monde béant sont allées s'abriter. Leurs éclats criblent la peur dans ton sang, la font refluer.

18

Tu as demandé au taxi de te laisser au bout de l'allée. Pour avoir le temps, en avançant, de t'imprégner du rythme particulier de la nuit, dans ce quartier, de l'autre côté de la baie, où tu n'es encore jamais venu ; de la fraîcheur de ses ruisseaux, de son silence surtout — baigné par l'odeur des eucalyptus. Des voix traînent, là-bas sur les pelouses. Si légères. Peut-être viennent-elles des jeunes femmes assises sur la véranda de cette villa blanche. Tu parviens à les voir du chemin : elles feuillettent des revues ; l'une se penche pour prendre un verre sur les marches. Ou bien est-ce les chuchotements de ceux qui, dans la villa à côté, sont encore étendus sur leurs chaises longues autour de la piscine. Un écho si discret de villa en villa, rendu plus ténu encore par les barrières des massifs de jasmins, entre elles. Ici, les douleurs de l'absence, même poignantes, doivent resplendir, puis aussitôt s'évanouir, pareilles aux éclats des lames des sécateurs découpant les fleurs brûlées. Ils déchirent la nuit, puis glissent, disparaissent sur les pelouses.

La dernière maison de l'allée. Les grandes grilles au bout doré, à peine écaillé. Tu sonnes. Une tache claire, au fond du jardin. Un pantalon blanc. Une chemise vert pâle. Les cheveux blonds de David. Son rire, lorsqu'il t'aperçoit. Pourquoi, toujours, ce rire si brutal de David, ce rire qui voudrait se faire entendre jusqu'au ciel? Il vient en courant, ouvre les grilles. Il t'embrasse, puis t'entraîne.

C'est Robert Teryl, sans doute, qui se lève d'un fauteuil. Il s'approche, te serre la main :

— Je suis heureux de vous connaître, enfin.

Force de son regard, de son corps entier. Mais sereine cette force, adoucie par les cheveux blancs, plaques lisses, sur les côtés du crâne, par les mains molles, chargées de bagues, qu'il étend sur les bras de son fauteuil. Dans l'ombre, elles rayonnent.

Assis de biais par rapport à lui, tu devines son regard attentif. David remplit les verres.

Une brèche dans le mur en face te permet de voir la mer. Pour briser le silence, tu dis :

— C'est beau de voir la mer, d'ici...

— Vous trouvez?... moi pas... on va faire combler ce trou un de ces jours... parce que c'est vraiment terrible, ce qui se passe en ce moment... ils vont bientôt nous envahir... vous voyez là-bas (levant la main, l'agitant : reflets des bagues qui accompagnent sa voix aux sonorités âpres, estompées de douceur) tous ces papiers gras, ces bouteilles vides, ces journaux, déjà... c'est dégoûtant, vraiment dégoûtant...

Il se met la main sur la bouche, la tord en une grimace — qui te semble exagérée.

David a ouvert sa chemise. Avec les premières heures de la nuit, la chaleur se modifie. Elle n'assourdit plus l'énergie, n'anéantit plus l'élan. Décapée, aiguë, elle ranime sur la peau tous les appels du désir.

Son rire, encore :

— Il dit ça depuis le début de l'été... mais c'est toujours dans le même état... moi, demain, j'appelle l'entrepreneur...

— C'est moi qui l'appellerai, mon petit...

Elle t'étonne, cette dureté soudaine dans la voix de Robert Teryl.

A peine, les chocs du glaçon que David fait jouer dans son verre. Puis, le seul murmure des vagues. Longtemps vous demeurez à l'écouter.

Tu n'avais pas encore remarqué les touffes de poils blancs sur la poitrine de Robert Teryl, qui s'est affalé dans son fauteuil. Il a surpris ton regard :

— Il n'y a peut-être qu'une seule chose qui me fera rester ici... c'est une fresque, à laquelle je tiens beaucoup, beaucoup... ça vous ferait plaisir de la voir?...

— Oui, naturellement.

Vous vous levez. Vous avancez sur les pelouses, puis dans les herbes. De plus en plus hautes, agitées et mêlées par le vent venu de la mer. Robert Teryl te prend le bras, et doucement, comme en confidence :

— Ma mère l'avait commandée pour moi... j'adorais les grands trucs un peu toc quand j'étais enfant... encore maintenant d'ailleurs (il a un sourire gai et las, à la fois)... dernièrement, il m'a pris cette lubie : j'ai eu envie de la revoir telle qu'elle était...

Il s'arrête. Toutes ces formes ployées et défigurées par l'usure : la fresque, sur le mur devant vous?

— Les travaux n'ont pas encore commencé, bien sûr... mais je vais vous donner une idée de ce qu'elle va redevenir... du moins je l'espère.

Tu te retournes vers David. Immobile, à quelques mètres derrière, il a l'air absent de ces gigolos qui ne voudraient rien laisser apercevoir d'eux, pas même le soupçon d'un battement de cœur sous leur peau, être seulement là pour l'adoration des autres dans la nuit : une statue de chair.

Robert Teryl a levé les mains. Il les appuie sur la fresque :

— Vous voyez... à gauche, la jetée est ocre et grise, en principe... des tons très, très doux... une foule se promène dessus... de cela, je ne me souviens pas très bien, mais je sais qu'ils ont, tous, les bras tendus vers un navire qui est en train de brûler... la mer est d'un bleu très soutenu, très vif...

Ses mains ont d'abord des mouvements lents et mesurés, puis, au moment de décrire les flammes... « extraordinaires, vraiment extraordinaires... elles venaient de partout... des cheminées, des ponts, et même de la mer... », elles s'agitent, se mettent à courir sur la paroi, emportées par le tourbillon des bagues. En même temps, il abîme davantage la fresque. Un véritable ravage de ses bagues. Elles éraflent la paroi, soulèvent une poussière de plâtre qui brouille tout. Jusqu'à ce que sa main droite, tendue, s'arrête d'un coup. Alors, beaucoup plus doucement :

— Vous voyez là-haut... des îles recouvertes de forêts, de fleurs... des plages immenses... c'était magnifique... vraiment magnifique...

Le souffle de David sur ta nuque. Il s'est rapproché sans bruit. Maintenant que la poussière du plâtre se dégage, tu vois l'inverse de la description de Robert Teryl. Les flammes t'apparaissent si pâles, la mer étant elle-même d'un bleu si éteint, qu'en se confondant, elles constituent simplement une sorte de brouillard autour du navire. Il vogue vers les îles. De l'autre côté, et sans doute parce que de nombreux morceaux de plâtre viennent de s'en détacher, la jetée se décompose en plusieurs blocs, la foule n'étant plus qu'une succession d'ombres agglutinées sur ces débris à la dérive. Une foule en plein désarroi. Si elle tend les bras, c'est pour adresser de répétés et vains appels au secours en direction du navire.

Piétinement énervé des herbes. David s'impatiente, lance :

— Tu es sûr de te souvenir?... ou tu es plutôt en train de tout réinventer?...

— Ça n'a pas d'importance, mon petit... l'essentiel est qu'elle retrouve sa beauté... sa beauté... tu comprends?...

Sur les lèvres de Robert Teryl : un léger tremblement de mépris. David s'éloigne dans l'ombre. Il crie presque :

— Mais moi, je n'ai pas envie, en me levant le matin, de voir n'importe quoi... une horreur...

— Et bien, tu tourneras le dos...

Robert Teryl te prend le bras, t'entraîne :

— Vous savez, j'ai fait tout mon possible pour Luis... vous vous en doutez?...

— Oui.

— Je pense qu'il va s'en sortir... il y a cependant une chose que je ne lui pardonne pas... ou, du moins, que je ne m'explique pas bien... c'est qu'il ne soit jamais venu me voir, jamais... je le lui ai pourtant fait dire très souvent... surtout quand il a commencé à... j'aime les amis de David, vous savez... et finalement, je ne l'ai pas vraiment connu... je n'aurai jamais fait que l'apercevoir... c'est vous, en somme, qui êtes venu à sa place...

Tu voudrais être Luis, là, devant lui. Son sourire, ses yeux baissés, sa bonté, son halètement après avoir couru, son cri du fond de la rue : « J'ai trouvé une place... » Tu voudrais être sa voix, oui, sa voix, pour lui montrer qu'on ne peut pas parler de Luis comme d'un être déjà passé, disparu et que, pas très loin de vous, il respire, sent, vit comme vous.

Mais Robert Teryl s'est déjà éloigné. Il ne t'aurait même pas entendu. Il a rejoint David sur le perron. Ils rient en pénétrant dans la maison. Ils se retournent, te font un signe. Sans doute t'invitent-ils à les suivre.

19

Les phares de la voiture rencontrent parfois des silhouettes courant sur la plage, des canots renversés, ou bien découvrent la simple étendue de sable. Vide. David laisse reposer sa tête à moitié sur son bras nu, qu'il a étendu sur le cuir encore tiède. Parfois, au hasard d'un tournant ou d'une accélération, tu frôles son coude.

Les premières rues. Désertes. Puis, sur les trottoirs, des groupes immobiles, repérables seulement à des cigarettes allumées, à des exclamations. Le silence des places, aux fontaines éteintes. Les arcades vides. Les palmiers desséchés au long des quais, et l'interminable série de bancs — quelques vieillards assis. Les phares éclairent au passage les bandes d'enfants qui trafiquent les taxiphones. Ils s'enfuient, courent le long des restaurants aux lampes rosâtres, près de la mer. Le vent gonfle les bâches sur les camions alignés. Il amène une odeur d'algues et de friture; et, sur votre peau, des courants de voix, de lumières, de musiques : la rumeur de l'avenue de la Paix. La voiture bifurque, ralentit. David retire son bras, se redresse. Depuis si longtemps, tu n'avais revu ces passages dallés de marbre, avec leurs boutiques encore ouvertes, leurs cinémas, les mendiants et les revendeurs dans les coins. La foule n'interrompant sa lente déambulation, le long des terrasses des cafés, que pour se ruer dans des embrassades aveugles, sans fin. Visages tous rayonnants, yeux encore brûlés de soleil et de sel. La voiture s'arrête à côté du Select. Glaces dorées. orchestre dans la verdure, et bonsoirs délirants vers les jeunes filles qui glissent entre les tables de bois, bougent leurs hanches au rythme de la musique — sûres d'être si belles, comme ça, en jean et tee-shirt.

Robert Teryl tend un billet à David : « Tiens... va nous acheter des cigarettes. » David ne bouge pas. Il regarde le groupe d'hommes qui discutent sur le trottoir. Costumes cintrés de toile, chemises aux couleurs vives. Tu crois reconnaître parmi eux un adjoint au maire, le conservateur du musée. L'un d'eux se retourne, s'exclame : « Ah! Robert! », et s'avance, les bras ouverts. Le cercle se défait aussitôt. Ils s'approchent de la voiture, viennent serrer la main de Robert Teryl, prononcent ensemble quelques formules emphatiques qui s'emmêlent, s'annulent. Puis ils engagent une conversation plus régulière, dont le thème semble être l'organisation contrariée d'un festival de musique, à la fin de l'été. Très vite, tu n'en saisis plus le moindre mot.

Tu en retiens seulement que David veut à tout prix y participer, lançant d'abord quelques phrases, auxquelles personne ne répond, puis finissant par être écouté, tant il s'emploie à être considéré avec la même déférence que Robert Teryl, tant il s'ingénie à se rendre pareil à lui, calquant son assurance de race et d'éducation, mimant sa distinction. Grâce à son regard d'où il fait s'évanouir toute lueur tapageuse d'excitation, de provocation, où il tamise soigneusement son insolence, éteint tout éclat de désir trop violent. Et quand il se met à parler à son tour, la tonalité de sa voix se calfeutre. Elle n'est pas atteinte ni bouleversée jamais par la moindre irruption de son rire (à la façon d'un visiteur, braillard et dépoitraillé, qu'on a décidé de faire s'éloigner un temps); sachant que c'est le jaillissement de ce rire qui le trahirait le plus, allant même disséminer parfois dans sa voix, négligentes, voulues, des sonorités précieuses. Ces sonorités, parce que composées d'un alliage de souvenirs et d'imitations de personnes diverses, devenant étranges, hors de toute référence, paraissant colporter jusqu'à eux (qui prennent un air vaguement admiratif, le considérant alors, ou feignant de le considérer pour satisfaire Robert Teryl, comme un fils récemment redécouvert, ou un lointain neveu longtemps oublié) les traces d'une langue barbare et raffinée — perdue.

Une phase périlleuse te paraît près d'être atteinte cependant, quand il se produit un emballement dans la voix de David, dont il ne se rend pas d'ailleurs compte lui-même; sa voix se mettant à résonner soudain de toutes ces sonorités à la fois. Trop nombreuses et trop rapprochées, emportées par l'élan du plaisir qu'il prend, grisé, à les voir l'écouter, elles se heurtent, se choquent, s'apprêtent à révéler, pulvérisées, le métal artificiel et faux dont elles sont faites. Robert Teryl doit bien sentir aussi l'imminence de ce point de rupture dans la voix de David. Il préfère se retourner vers lui, l'interrompre, lui redemandant :

— Tu ne devais pas nous acheter des cigarettes?...

David s'arrache avec peine à la conversation. Il a une moue ostensible de contrariété. Puis il ouvre lentement la portière, descend. Il s'enfonce dans la foule, se retourne encore une fois.

La conversation, à mesure, s'anime. Entrecoupée d'éclats de rires. La musique du Select n'arrive pas à les couvrir. Parfois, l'un d'eux te regarde avec étonnement — surpris sans doute de ta présence silencieuse, là, au fond de la voiture.

20

Pourquoi, soudain, ce reflux de la foule, qui déborde même sur la chaussée? Tous ceux qui étaient installés à la terrasse de l'hôtel Astor, en face, se lèvent, se bousculent. Certains, en reculant, se heurtent aux piliers des auvents de toile, et manquent les renverser. Des verres tombent sur le sol, se brisent. Lumières blanches du fourgon. Elles t'aveuglent, et puis tu parviens à distinguer un groupe de policiers qui ouvre un passage au milieu de la foule. Ils emmènent un homme grand, très maigre, très pâle, aux cheveux bouclés, en smoking de velours rose, sans doute enfilé à la hâte : une manche n'est pas bien passée. Sa chemise est déchirée à moitié. Il ressemble à un de ces dandys qui viennent se droguer chaque soir dans leur chambre attitrée, nue, fraîche, à peine un lit, une glace. Il se débat pour ne pas monter dans le fourgon. Il leur crie : « Salauds!... » La foule est mal contenue par un des policiers. Visages tous tendus, avides. Quelques exclamations d'excitation. David est là-bas, au premier rang.

Par-delà l'attroupement, tu aperçois une femme, seule, au seuil de l'hôtel. Elle porte en bandoulière un sac noir; de l'autre côté, une valise. Elle la pose à terre. Sa bouche est ouverte en forme de cri. Il te semble le reconnaître, ce cri. Mais tu ne sais pas d'où il te revient. Une bouche tenaillée, explosée par un cri qui pourtant n'éclate pas. Tu te mets à trembler, comme si tu devenais une partie de cette femme, comme si tu devenais sa bouche seule, ses lèvres bleuies, tuméfiées par un cri silencieux qui les frappe de tous les côtés, et de plus en plus fort, ses lèvres — les ravage.

Brusquement, la vcilà qui s'élance, se rue dans la foule, l'écarte à coups de coudes, arrive devant, à quelques mètres du fourgon. Elle détache le sac de son épaule, le lève très haut, en criant :

— Vous voyez... vous voyez... j'ai une bombe, là...

Vagues de rires qui parcourent la foule, comme au théâtre après une réplique drôle. Elle amuse les hommes autour de la voiture : ils se tapent sur l'épaule. Parce que son sac est plat, qu'il doit contenir à la rigueur un poudrier, une photo, des boucles d'oreilles, un souvenir, personne ne la croit. Elle rajoute, d'une voix éraillée, et d'un air plus menaçant :

— Merde... vous ne m'croyez pas?... vous allez voir.

Elle ramène le sac contre sa poitrine, commence très lentement à l'ouvrir. Cette fois, on rit moins. On recule. Au cas où. Tu entends Robert Teryl frapper le volant de ses bagues.

Mais il n'y a de déchirure de l'air que par les bras de la femme qui en a profité pour courir, aller serrer dans ses bras l'homme agenouillé dans le fourgon et incliné vers elle. Elle lèche la sueur sur son visage, l'embrasse. Les policiers, les yeux blancs de hargne, la prennent par la taille, la soulèvent. Ses jambes battent dans le vide. Ils la maintiennent immobile en lui agrippant solidement les bras. Au moment où on ferme les portes, l'homme dans le fourgon se remet à crier : « Salauds!... », mais, cette fois, c'est un « salauds! » noué de larmes, c'est seulement un « salauds! » pour lui dire qu'il l'aime, c'est un adieu qu'il est en train de traîner, d'arracher du fond de son ventre; un cri, celui-là, comme un couteau qui déchirerait tout dans son corps au fur et à mesure puisqu'il ne lui sert plus à rien, ce corps — ne lui laissant qu'un souffle tremblant derrière la grille du fourgon qui s'en va. Les phares de position balaient l'avenue.

L'attroupement se défait. Ils rejoignent leurs tables. La déambulation reprend. Les enfants donnent des coups de pied dans la valise renversée au seuil de l'hôtel. Ils l'éventrent. La femme, les policiers l'emmènent, lui font traverser l'avenue. Elle regarde fixement droit devant elle. De ses yeux, la douceur n'a pas disparu. Au contraire, elle s'y est étendue davantage. Quand elle disparaît, tête baissée, dans l'ombre d'une ruelle, elle te semble pénétrer dans ce pays où grouillent les malheurs nus. Ils s'y retrouvent tous, là-bas; ils s'accrochent les uns aux autres aussitôt, mais ils ne font que s'empêtrer, s'enliser davantage encore dans la boue de ce continent isolé. Incapables de se porter secours, ils ne se voient pas vraiment, ils restent les uns aux autres des inconnus, tous ceux qui sont exilés pour un manque de came, un cou serré trop tendrement, sans le vouloir, une veine ouverte, un trop long silence. Luis, il est là-bas aussi, au milieu d'eux. Il se débat. Il est seul. On l'a emmené, sans que même il proteste. Sans le moindre mot de révolte, sans le moindre appel. Il a même souri un peu. Il a levé les yeux, pour te dire au revoir.

— Elle était complètement shootée, celle-là...

C'est la voix de David. A nouveau nue de tout apparat, irriguée par son rire.

— C'est vrai, cette ville devient pourrie.

Elle t'atteint, en plein cœur, cette phrase de Robert Teryl. Ils parlent de Luis, aussi. Ils l'insultent.

Les hommes regroupés sur le trottoir acquiescent, avec un sourire désolé. Tu les hais. Peut-être qu'un soir, les mains de tous ceux qui sont là-bas prisonniers se feront immenses. Elles viendront coller sur leurs bouches la boue dont on a voulu les recouvrir. Elles les rendront exsangues, les priveront de leur parole, de leur souffle, mais leur laisseront la conscience encore : juste assez pour qu'ils puissent assister, impuissants et muets, à leur propre ensevelissement.

La voiture a déjà quitté l'avenue.

— Où voulez-vous aller, Pierre, maintenant?...

Tu ne réponds pas, tellement se mêlent en toi le chagrin, le dégoût, devant tant de mépris facile et d'intolérance. David propose déjà :

— Si on allait faire un tour du côté de la citadelle, pour repérer ce qu'il y a?...

Ses doigts effleurent la nuque de Robert Teryl, s'y promènent pour annuler d'avance toute hésitation.

21

La voiture ralentit, roule sur de la terre, cahote parfois sur des pierres, froisse les branches des buissons, s'arrête près de la citadelle. Sombre, silencieuse. Personne ne déambule. Aucune autre voiture arrêtée. Trop tard, déjà? ou bien : une rafle récente?

La main de David reste longtemps immobile, posée sur la portière. Puis il descend, avance dans les buissons. Il se retourne, te fait un signe pour que tu le suives. Il s'enfonce dans la nuit.

Robert Teryl enlève sa veste, déboutonne un peu sa chemise, tourne la tête. Tu regardes sur les remparts les nuages de sable qui, traînés par le vent, se défont, basculent dans la plaine. Le temps se ramène à ces chutes aussitôt effacées.

Dans les vagues cercles des phares sur les murs de la citadelle, vacillent des formes qui n'arrivent pas à se combiner, se construire. Un, ou deux, ou plusieurs corps. Un puzzle de chair. Avec des jambes, des cheveux, des cuisses entrouvertes, un bras tendu, des mains nouées, une bouche ouverte, des jambes accolées, des yeux, une main sur un bras, des lèvres sur des lèvres. Aucun point de repère : peaux trop semblables, dorées. La main de Robert Teryl tremble un peu en tâtonnant sur le cadran. Tu ne sais pas si elle cherche, cette main, à éteindre les phares pour faire disparaître ce qui bouge sur le mur, ou si, au contraire, elle veut en augmenter la puissance, pour que les corps se découvrent enfin.

Surgit à la lumière crue des phares, lèvres fermées, immobile : le visage de David.

Puzzle reconstitué, d'un coup. Devient visible nettement : un homme, le torse nu, agenouillé dans la terre. Il lèche le ventre de David, puis se redresse un peu pour lui passer la langue sur la poitrine, s'agenouille à nouveau, saisit ses couilles, l'une après l'autre, dans sa bouche, les relâche enfin. La langue revient sur le haut des cuisses. Tandis qu'une main remonte derrière les jambes, va lui caresser les fesses, s'attarde à nouveau sur le ventre, glisse le long de son sexe; David se détachant alors très légèrement du mur pour le lui appuyer davantage dans la bouche.

Robert Teryl s'incline en arrière. La sueur lui dégouline sur le visage. Un visage qui te paraît soudain terriblement creusé, vieilli, la sueur se faufilant sur toutes ses rides, en fouillant, en révélant les plus secrètes, les plus fines. Elle dessine, exacte, une souffrance qui se noue sur la peau de son cou en plis serrés, s'étale sur le bas de ses joues, comme relâchée, abandonnée, avant de rassembler à nouveau toute sa force, pour appuyer autour des yeux, s'y livrant à un approfondissement raffiné.

L'homme s'est relevé. Il s'est appuyé contre le mur, le visage un peu de biais. Il cherche de ses mains tendues en arrière le sexe de David. Ses mains frémissent d'abord pour rien dans l'ombre, elles ne le trouvent pas. Puis elles finissent par le toucher, commencent à le branler. Très lentement. Il détache sa main droite, l'amène sur sa bouche, y fait couler de la salive, entoure le sexe de cette salive, le prend, l'amène entre ses cuisses, l'enfonce, se colle le plus possible contre le mur, fait danser un peu ses hanches, essaye de tourner le plus possible son visage, pour que David l'embrasse, mais non, David est en train de lui mordre partout le cou.

Tu regardes à nouveau Robert Teryl, qui a fermé les yeux. La souffrance ne se contentant plus de modeler son visage, inerte face au ciel, mais aussi envahissant tout son corps, le noyant, l'abattant complètement en arrière. Cette forme massive, si aisément anéantie : c'est lui qui a pris la décision finale de renvoyer Luis, pour quelques gestes manqués, ses refus, sa désobéissance, pour tout son malheur, à Luis. Énorme, ce malheur, à en faire éclater sa vie entière : des lambeaux de vie déchirée, qu'entre ses mains, il ne reconnaissait plus, Luis, qu'il finissait par jeter dans tous les sens. A côté de l'épuisement passager, de la défaite éphémère de cet homme qui, près de toi, a seulement perdu quelques instants l'objet de son caprice, son divertissement. Une souffrance de maître, oui.

En descendant de la voiture, tu ne refermes pas la portière. Tu longes les remparts. Puis tu cours à travers les buissons, enjambes les trous, les restes de barbelés, les poutres éparses. Tu t'élances sur le chemin désert.

Lorsque tu arrives en haut de la colline abandonnée, brûlée, dépourvue de toute végétation, tu n'arrives pas à calmer l'élan de ta course, tu te mets à tournoyer au-dessus de la plaine entière, les bras tendus, les poumons crevés de la douceur de la nuit, oubliant tout, mémoire dissoute par ce vertige volontaire, retrouvant le geste de ceux qui ont tournoyé ici même, il y a des siècles : tous les hommes de cette éphémère république d'esclaves qui, rassemblés sur la plate-forme de sable, debout dans la nuit derrière les frêles murailles de boue sèche que le fracas de l'immense armée qui s'approche, ébranle, commence à fendiller; voyant donc que tout est perdu, mais ne voulant qu'aucun d'entre eux ne tombe vivant entre leurs mains, se retournent une dernière fois vers leur cité, presque achevée, vers les maisons de bois et de pierres, les sources nouvelles, les instruments de musique vernis, les toiles suspendues, les rigoles pour les prochaines pluies, les rues, là où ils ont vécu ensemble pendant quelques semaines, là où ils se sont aidés à réinventer leur vie, et puis ils se regardent tous très fort les uns les autres, et ils se confirment, dans ce seul regard, la même décision déjà inscrite dans leurs corps dès les premiers instants, dès qu'ils ont entendu les premiers bruits.

Avec les couteaux qu'ils tiennent à la main, ils commencent à se lacérer, lentement, doucement, presque avec négligence, à s'enfoncer ces lames sous leur peau, en tournant, en riant de leurs esquives fentes, car pas un, naturellement, ne se refuse à ses coups, pas un n'a peur, et au fur et à mesure qu'ils sentent leurs cœurs battre avec moins de force, leurs regards devenir plus vagues, ils se rapprochent davantage les uns des autres, ils caressent leurs poignets tranchés, accolent leurs lèvres, dansent sur la plate-forme de sable, au seul rythme de leur sang répandu, la lune étant très claire cette nuit-là pour leur permettre de bien fixer à jamais un sourire, une silhouette, avant qu'ils ne tombent, ne lâchent leurs couteaux, un simple froissement, là, sur le sable, où tu te laisses aller toi aussi, le sable se mettant à se déplacer en grands cercles concentriques, se créant, se développant les uns les autres, jusqu'à ce qu'ils recouvrent le ciel entier.

22

Les chiens, autour, ne bougent pas. Aveuglés par les pierres aiguës, éblouissantes. Comme des rappels des lames jetées ensemble. Qui permettront à cet espace de rester sacré, toujours. Donc pas tolérable non plus, ton corps. Même si le soleil, déjà haut dans le ciel, t'a presque cloué là, immobile, confondu avec le sol. Ce corps, tu dois le déplacer, pas souiller davantage ce lieu secret dont le silence vibre encore de la rumeur de leur sang répandu. Tu peines pour te tenir droit, pour arriver jusqu'aux chiens qui s'écartent, descendent lentement dans tous les sens. Honteux de cette ombre qui t'enveloppe, quand tu titubes d'abord, cette ombre énorme, enflée des fièvres de la nuit, gorgée de sueur — obscène, face à la pureté de cet espace. Tu te précipites sur la pente, pour qu'elle aille crever sur les tessons des premières murettes.

L'escalier de marbre, qui mène aux remparts. Interminable. Difficile de détailler les motifs de bois et de bronze entremêlés sous la rampe. Un véritable fouillis. Des serpents? des croix? des fleurs? La ville, derrière toi, muette. Seules claquent les portières d'une voiture. Peut-être emmènent-ils quelqu'un comme Luis, peut-être viennent-ils de ranger sa valise dans le coffre; ils l'ont pris par le bras, et même par la nuque, pour qu'il n'aille pas cogner la tête contre le rebord, il faut faire attention avec ces gens si faibles, si imprévisibles aussi, qu'on est chargé d'emporter au bout de la plaine. Peut-être que c'est la même voiture que pour Luis, oui, exactement la même; celui qu'ils emmènent laisse traîner ses mains là où Luis les a posées; c'est une même douceur de la peau qui touche en ce moment le siège. Ou peut-être est-ce juste un entraînement, peut-être qu'ils simulent, qu'ils font claquer des portières, rien que pour impressionner, qu'on en ait la mémoire bien entaillée, ouverte, une déchirure de métal et de verre qui s'approfondira chaque fois davantage. On ne risquera pas de l'oublier.

La brûlure de cette déchirure rayonne partout dans ton corps, mais elle s'estompe presque aussitôt. Elle laisse à peine quelques éclats qui s'abîment au fond de ta tête. Les dernières traces peut-être d'une crainte qui ne parvient pas à t'aveugler, semble disparaître. Et si, un jour, ce bruit de portière claquée ne faisait plus peur ni à toi ni aux autres. Si on refusait de leur obéir, de laisser partir celui qu'ils sont venus chercher. Si on les empêchait d'entrer. Alors, ils se retrouveront en bas, avec leur voiture vide, toutes portes ouvertes, sans personne à emmener, parce qu'on ne voudra plus que personne jamais soit emmené ailleurs et, de fenêtre en fenêtre, dans la ville entière, il n'y aura que des rires — des rires pour ceux qui piétinent sur le trottoir en bas, surpris et désemparés de n'avoir pas pu l'appliquer, leur loi. Une loi qui pourrirait à mesure sous les sarcasmes, se réduirait à un reflet exténué. La voiture passe sous les remparts. Elle a une allure régulière, sûre. D'ici, tu ne peux pas voir qui il y a dedans.

Qu'est-ce que c'est, toutes ces ombres qui battent sur les remparts, autour de toi? Ces pans de tissus qui se soulèvent; et ces rides, presque des coutures, sur des peaux tendues? Les mendiants. Tu voudrais te mêler à eux. Chuchoter avec eux. Avoir leurs cheveux. Leur peau. Leurs bouches. Leurs souffles. Sentir ton cœur battre au rythme de leur sang. Confondre tes mains à leurs mains qui se tendent, agrippent la longue-vue. Mais leur groupe est trop compact, trop agité autour de cette longue-vue flambant neuf, pour que tu réussisses à t'immiscer parmi eux. Pourquoi tant d'excitation? Tu t'approches de l'ancienne, à quelques mètres. Elle est rouillée, sans doute d'une portée beaucoup plus faible. Il y en a un, celui qui a réussi à coller son œil contre le verre, qui se met à crier : « Oui là... mais oui, là... » Il doit distinguer comme toi de grandes balafres dans la plaine déserte : les rivières asséchées. Et ces taches sombres à l'intérieur des balafres : des ânes, des vaches abattus? Les autres crient : « Mais qu'est-ce que c'est?... » Il ne sait pas. Comme toi. Leur longue-vue, pas aussi puissante qu'elle en a l'air. Ça les énerve. Ils le prennent déjà par les épaules, le soulèvent. Ils ont un grand mépris pour lui qui, étourdi, chancelle, se renverse contre la mince rambarde.

Un autre, plus vigoureux, regarde. Alors, ces taches sombres : des ânes? des vaches? Ça, il ne peut pas encore le dire. Il te semble, en tout cas, que les animaux sont recouverts par des aigles qui oscillent un peu dans les nuages de poussière, en dévorant d'un mouvement machinal, appliqué, les entrailles durcies. Mais il y a aussi, tu t'en aperçois à peine, d'autres ailes, plus frêles et plus mobiles, qui se soulèvent parfois violemment. La mêlée recommence. Bras et têtes lui appuient sur la nuque. La longue-vue se met à bouger. Un, qui hurle pour faire l'important, écarte les autres, assomme presque celui qui se détache déjà, vaincu, abasourdi. Du respect pour lui, ils sont prêts à avoir; mais gare, s'il les trahit : ils ont leurs ongles, leurs bâtons, leurs crachats. Il respire un bon coup, regarde, s'écrie : « C'est un homme!... » Tu te penches à nouveau. C'est vrai : c'est un homme.

Vous ne le voyez maintenant que parce que le vent s'est soudain calmé. Les battements d'ailes plus légères, c'était ses haillons dans le vent. L'homme, là-bas, s'incline au-dessus de la tête d'un animal isolé à quelques mètres. « Un âne? » Oui, un âne. Il appuie ses deux mains sur la tête de l'animal, de toutes ses forces. Il essaie vraiment de lui fermer les yeux, à cet âne, dont les aigles ont déjà dévoré les entrailles qui s'ouvrent, palpitent comme des éventails. Fanés et déchirés, ces éventails, à vrai dire. Il n'arrive pas, l'homme, à retourner les paupières figées par la mort; et pourtant il ne les supporte plus, ces yeux énormes, vides. Il se lève donc. Tu les entends crier : « Mais où va-t-il? » Il va chercher des pierres, à demi enfoncées dans le sable. Il doit se baisser pour les détacher. Puis il revient. Il s'arrête au-dessus de la tête de l'âne. Il penche un peu les bras, pour que ces pierres soient dans l'exact prolongement des yeux : globes blancs, bordés de noir. Il les jette. Les globes se détachent, rebondissent sur le sable. Ils n'arrivent pas à éclater, à s'entrouvrir même, ces yeux qui te paraissent avoir sur eux, mais de cela tu n'en es pas sûr, des gouttes solides, immobiles. Des larmes. Ils continuent à rouler sur le sable.

Celui qui regarde, en ce moment, perd son calme, puisqu'il crie qu'il voit courir dans la plaine, le long d'une rivière asséchée, un homme qui poursuit des globes blancs. Ils veulent voir, tous. De rage, ils se battent. Ils brisent la glace de la longue-vue, qui tremble, oscille, chavire. Elle bascule sur la rambarde, la crève, tourne et finit par heurter le sol en bas avec un grand fracas. Puis, c'est le silence. Tous, saisis. Ils croient avoir commis un sacrilège? Ils se détachent les uns des autres, leurs mains retombent, encore ankylosées d'avoir attrapé le métal brûlant. Ils marchent sur les éclats de verre. De minuscules taches rouges recouvrent leurs pieds. Ils descendent l'escalier. Beaucoup trébuchent. Ils essaient tout de même d'être dignes, en descendant ainsi face à la ville : un cortège d'élégants qui sortirait à peine de quelque cérémonie. Mais toutes ces marques de coups sur leurs corps les trahissent naturellement. Tu les suis, tu imites leur démarche. Tu as leurs pieds, pleins de taches rouges.

23

Ils s'enfoncent dans les terrains vagues. Tu épies la course de leurs ombres, à travers les planches disjointes des panneaux, espérant que certains se mettront à avancer moins vite, te laissant le temps de les rejoindre. Mais non : ils continuent à s'éloigner. Le dernier disparaît déjà derrière les tas de pierraille. Tu aurais pourtant aimé te mêler à eux, partager leur fuite, jusqu'à ce que vous vous arrêtiez au bout de ces territoires désolés, là où il n'y a plus rien, à vous laisser recouvrir ensemble par le sable des heures immobiles.

Au moment où tu recommences à avancer, dans les allées Bocca, au long des vieux bâtiments de commerce, magasins encore fermés, annexes d'administrations, on t'appelle. Tu te retournes. Une voiture décapotable bleue. Le jeune couple, vos voisins, lorsque vous habitiez sur le port. A peine le temps de les reconnaître. Il ouvre déjà la portière, te tend la main : « Que fais-tu ici tout seul?... viens... on va aller boire quelque chose... » Tu hésites. Tu n'es rattaché à eux par rien qu'une relation si lointaine déjà — elle a la teinte presque effacée de soirées tièdes d'hiver passées avec Luis à les regarder parler dans leur salon, fenêtre ouverte sur la mer.

Tu montes dans la voiture — surtout las, à la perspective de devoir parcourir à pied ces allées blanches de soleil. Il démarre en trombe, t'obligeant à te retenir des deux mains à la banquette. Désinvolture appliquée : de quoi provoquer ton admiration peut-être. Elle se retourne — élégance lisse, fraîcheur, regard allègre des jeunes femmes de la nouvelle bourgeoisie locale :

— Je suis contente de vous revoir... vous nous manquez beaucoup, vous savez... vraiment beaucoup...

Il l'approuve, semble-t-il, puisqu'il lâche le volant une seconde, s'écrie :

— Ça fait longtemps qu'on espérait te rencontrer!

Te réaccorder à leur monde, te rendre à nouveau pareil à eux : ils sont prêts, oui — à condition sans doute que sur ce temps perdu sans eux, tu leur révèles tout bientôt.

Elle renoue son foulard que le vent dérange :

— On vous a souvent téléphoné... mais vous n'étiez jamais là... la dernière fois où nous sommes passés, nous avons glissé un mot sous la porte... vous l'avez trouvé?...

Lui, il rit, en se penchant légèrement en arrière, pour que ne t'échappe pas sur son visage l'expression d'intense satisfaction :

— Même s'il ne se souvient pas, tant pis... mais maintenant, on l'a sous la main, hein?...

Ils ont si souvent regretté ton silence. Pourquoi être resté si longtemps sans donner de nouvelles? Ils s'étonnent de ta mine si pâle en plein été. Tu devrais aller à la plage avec eux. Ils y vont tôt, chaque matin. Dès demain, ils passeront te chercher. Oui, dès demain. D'autres phrases encore — invitations, promesses — mais à mesure dérobées par la vitesse. Tu ne les entends presque plus. Qu'importe! Quels signes plus évidents de leur sympathie pourraient affluer maintenant vers toi, te laissant étourdi, sans voix. C'est qu'elle éblouit, la belle générosité humaine, elle anéantit. Impossible de lui répliquer. Pour un peu, tu oublierais que sous l'étincelant masque de ses offres et de ses attentions, elle dissimule un cœur pourri par la pitié. Difficile d'ailleurs de maintenir son regard fixé sur ce cœur, quand on est assailli par tant de prévenance à la fois, et qu'il n'y a personne, au long des avenues désertes, parcourues à toute allure par la voiture, pour t'empêcher de te laisser enivrer par un tel débordement d'égards, t'aider à garder les yeux ouverts sur la gangrène de cette suave charité, non, personne, sauf peut-être les vierges, que tu aperçois au passage dans l'ombre des églises, à l'angle des vieilles rues, et dont les portes s'ouvrent à peine à cette heure ; elles connaissent, elles, les méandres souterrains de la bonté humaine, elles en savent la boue cachée. Oui, elles, les vierges de la ville, qui ont l'habitude d'être honorées, couvées de larmes et de prières, adorées sur toutes leurs coutures de bois ou d'ivoire ou de fer, par des foules entières se précipitant vers elles au crépuscule, les couvrant de baisers, pour se repentir en quelques minutes des cruautés du jour : les rires vers les miséreux étendus, pleins de mouches sur les bancs, le dédain pour la femme qui pleure, seule, au coin de la rue, les enfants oubliés ; oui, elles sont là, partout autour, pour t'éclairer, les vierges de la ville, pour t'éviter de céder à la tentation de la gratitude béate ; elles, mais aussi les autres, celles que tu dois te contenter d'imaginer, les lointaines, les solitaires, pas dupes pour autant, les vierges des couvents de la montagne, des bords des rivières, les vierges de mousse, celles de terre battue, les vierges de rien du tout, les vierges à bougies, les vierges à cierges, les vierges fauchées, les vierges mendiantes, les vierges à fleurs, les vierges désespérées, les vierges qui portent tous les péchés du monde, celles qui s'en moquent éperdument, les vierges absentes, les vierges ensanglantées, meurtries, violacées, les vierges esclaves, les vierges monstrueuses, les vierges des déserts, les vierges exilées, les vierges putains aux lèvres rouges, oui, toutes les vierges à la fois et même celles que tu oublies, qu'elles te pardonnent cette offense, un jour tu les submergeras de fleurs, pour être demeurées vigilantes à tes côtés, pour t'avoir aidé à ne jamais oublier cette nuit noire tapie au fond de la bonté humaine.

Déjà, alors que la voiture s'arrête, revient la voix si tendre de Christine : « Ça vous plaît ici?... » Et lui se retourne pour attendre ta réponse : « Oui, bien sûr... » Vous descendez, sur les quais. Près de la jetée. Un café récent, sans doute. Les dalles de ciment ne sont pas encore peintes. Fauteuils d'osier vides. Tables basses. Parasols aux couleurs vives. En avançant devant, il fait jouer d'une main à l'autre les clefs de la voiture.

— Vous permettez?...

Elle se baisse en riant, retire ses chaussures avant de s'asseoir. Il lève le bras. Claquent ses doigts plusieurs fois de suite. Personne ne vient. Il fait alors tinter ses clefs sur le bord de la table. Le mouvement s'interrompt brusquement.

— Et Luis?... il va bien?...

Tu étais certain que l'impatience de savoir lui brûlait les lèvres.

Penser de toutes tes forces à Luis : il se promène dans le parc, il regarde le ciel entre les arbres :

— Oui... il va bien.

— Je te demande de ses nouvelles, parce que quand Christine l'a vu... il y a combien de temps, Christine?...

— Oh, je ne m'en souviens pas... une dizaine de jours, peut-être...

— Il était terriblement amaigri, je crois... et l'air un peu... un peu... bizarre... tu l'as trouvé fatigué, Christine, n'est-ce pas?...

— Oui, c'est vrai... je lui ai fait signe... j'étais de l'autre côté... sur le trottoir d'en face... il m'a vue... il m'a regardée fixement... j'ai cru qu'il attendait quelque chose pour traverser... mais non, il s'est retourné... et il a continué de marcher... je n'ai vraiment pas compris ce qui s'est passé... il vous en a parlé?...

Tu ne réponds pas. Tu as les lèvres serrées de Luis qui s'en va sur le trottoir, ne se retourne pas.

— Il était très pâle, surtout... il avait des cernes qui lui prenaient tout le visage... comme quelqu'un qui n'a pas dormi depuis plusieurs jours... et surtout l'air très, très déprimé...

Le vent a une odeur de lessive, d'écorces d'oranges brûlées.

— C'est peut-être son travail qui le déprime (son visage, à lui, s'illumine. Dans le genre : ravi d'avoir trouvé la solution de l'énigme, fierté de pouvoir faire sauter du premier coup le verrou de la vérité)... j'ai toujours pensé, moi, qu'il valait beaucoup mieux que son boulot... ce n'est pas marrant de voir un type aussi intelligent que lui perdre son temps... tu ne te souviens pas des soirées qu'on passait ensemble?... il nous avait toujours tous au tournant... ou presque...

— Où est-il en ce moment?...

Ses paroles, à elle, glissent aussi légères que sur sa main les perles de son collier.

— Il est allé à la plage...

Oui, tu as préféré rester en ville. L'attendre. Mais il va bientôt revenir. Peut-être court-il, là, déjà, sur les quais. Sa main mouillée va appuyer sur ton épaule.

— Et vous, que faites-vous en ce moment?...

— François ne te l'a pas dit?... il prépare son concours d'inspecteur, il a de bonnes chances...

— Et toi?

— Moi, je tapisse... on a réussi à avoir l'appartement du haut, tu sais, celui qui avait la très belle terrasse... il faudra venir nous voir un jour avec Luis... et avec votre amie, Teresa... à propos comment va-t-elle?

— Elle va bien... elle travaille beaucoup, en ce moment, pour une pièce...

— Au théâtre municipal? (il ne te laisse pas le temps de répondre). Il paraît que c'est une bande de paumés... ils sont tous drogués, là-dedans, ou à peu près... ça va donner une jolie pièce, tout ça, tiens!... en plus, je crois qu'ils ont des problèmes avec le maire... il ne va pas risquer de se mettre sa clientèle électorale à dos, en continuant à leur attribuer des crédits... ce n'est pas sûr qu'ils aillent jusqu'au bout... elle le sait, Teresa?... elle t'en a parlé?... (plus lentement : ton de conseil fraternel, il en deviendrait presque émouvant)... si j'étais à sa place, je prendrais mes cliques et mes claques, et je ficherais le camp... si elle a envie de faire du théâtre, il vaut mieux qu'elle en fasse toute seule, plutôt que de rester avec ce groupe de minables...

— Vous savez, Luis aussi fait partie de la troupe...

— C'est peut-être pour ça qu'il était déprimé, alors! — frémissante, à son tour, elle, de sa trouvaille — c'est Teresa, je suppose, qui lui en a donné l'idée?...

N'entendre plus rien que le bruit de la mer. Son bruit exact. Le voilà, enfin. Luis t'obligeait toujours à t'arrêter au bord des quais pour que tu l'écoutes. Tu pensais qu'arrivées là, bousculées dans le port, toutes les vagues, tellement affaiblies à la fin de leur course, ne tournaient plus que sur elles-mêmes, lasses, ressassant les traces amères de leur ancienne puissance, ombres d'elles-mêmes qui s'épuisent, s'écroulent le long des soubassements de la ville, mais non, disait Luis, elles ne se laissent pas aller, écoute, écoute bien, elles s'unissent, elles se nouent, elles concentrent toutes leurs forces, les vagues profondes de la mer, en d'énormes poings bleuâtres et noirs, nus de toute algue, qui viennent cogner à perdre haleine contre les pierres des quais jusqu'à ce qu'un jour toutes ces pierres ainsi minées, s'ouvrent, éclatent, faisant perdre ses assises à la ville qui basculera d'un coup. Lorsqu'il répétait : « Écoute, écoute bien... », tu répondais, un peu las : « Oui, oui... », mais tu mentais, tu ne faisais attention qu'au clapotis insignifiant, passif de la surface. Alors qu'aujourd'hui, tu les entends vraiment, ces battements énormes de la mer, là, sous tes pieds. Ils te bouleversent. Ils insufflent à ton sang le rythme même de sa rage, à elle, la mer. Te deviennent intolérables à en vomir leur excitation curieuse, leur mesquin désir d'explication, la fausseté de tous leurs mots venus du vide. Pas une seconde, ils ne pensent vraiment à Luis, pas une seconde ils ne l'imaginent encore. Oui, c'est la rage de la mer qui monte en toi, t'inspire cette force de provocation qui éclate sur tes lèvres :

— Et votre fils?

— Il est à la piscine.

— Tout seul?

— Oui, bien sûr...

— Attention, c'est très mal fréquenté, la piscine... des minables, des drogués...

— Que veux-tu que Michel ait à faire avec eux? hein... tu veux me le dire?

— C'est la même chose pour Luis et le théâtre.

— Oui, mais Luis...

— Quoi, Luis?...

— Et bien, Luis... il était curieux quand même parfois...

Tu te lèves. Tu t'en vas, sans te retourner. Tu remontes vers la ville, en courant. Le soleil te bat à la gorge, se déchire aux angles des murs. Nuages de poussière dans les allées. Ils t'obligent presque à fermer les yeux — sans doute les camions des carrières qui descendent vers la mer. Et ce bruit au long des arcades : les rideaux de fer des magasins qu'on ouvre tous à la fois. Fraîcheur d'une ruelle, où tu t'élances. Sur la place au bout : une fontaine. Tu t'arrêtes enfin, souffle coupé. Tu t'étends sur le rebord. Tu y trempes la tête. Tu laisses couler l'eau sur ta nuque et ton cou, longtemps. Elle est tiède. Puis tu te relèves, tu étends les bras; tu baignes tes poumons de l'odeur du linge mouillé que viennent soulever, sur les balcons des immeubles gris, autour, les têtes d'enfants ensemble. Et tu restes là, à te laisser aveugler par le soleil, pour qu'il consume le souvenir de ces instants avec eux, pour que ta mémoire se ferme sous la seule pensée, la dernière poussée des poings bleuis de la mer — une cicatrice bientôt invisible. Mais la blessure doit être encore grande ouverte : le son de leurs voix revient s'y infiltrer. Resurgissent aussi leurs bouches humides de bienveillance sournoise. Impossible de ne pas les revoir, Christine reprenant là-bas, entre ses doigts, son collier; lui, recommençant à frapper avec ses clefs sur le bord de la table. Tu les entends d'ici se livrer à des analyses sommaires et fulgurantes, à partir des quelques éléments que tu leur as offerts pour satisfaire leur appétit de savoir, à partir de tes silences mêmes, considérés par eux sans doute comme des dérobades, des pudeurs étranges et coupables, des traces de mensonges, des renâclements à avouer — silences, blancs, qui seront autant d'espaces excitants, illimités, ouverts à leur investigation. Et pour cela, ils doivent reconsidérer cette scène, ce jour-là : Luis si pâle, aperçu sur le trottoir d'en face, qui regarde sans voir ; Luis, continuant à marcher ; Luis déjà parti, où?, pour réviser son passé entier, repérant, diagnostiquant, inventant de multiples défaillances antérieures à coups d'enchaînements vertigineux : « Tu n'avais pas remarqué sa manière de?... son geste, ce soir-là... ses expressions curieuses, tout de même... ses lapsus... quand... »

Oui, tu revois, comme s'ils étaient là, devant toi, leurs regards de complicité, leurs mains s'agitant de satisfaction, leurs visages ravis de découvrir ensemble ces signes annonciateurs du destin de Luis : ses refus, ses emballements démesurés, sa nervosité soudaine, ses crispations, ses supériorités insensées, ses défis inconcevables, sa mythomanie, ses excès, son instabilité — voilà ce qu'ils vont relire, interpréter, reconstituer. Ne voyant dans tout ce qui n'était alors que ses bouffonneries à Luis, ses rires, son ironie, son ennui, son impatience, sa tristesse, ses replis ou ses éclats devant l'arrogance de la bêtise, que les marques d'une dérive, d'un insupportable malaise, les preuves de ce qu'ils penseront être vraiment une grave « maladie », se gardant bien pourtant d'en prononcer le mot, par crainte de passer à leurs propres yeux pour trop rétrogrades, « vieux jeu ». Ils pourront même avoir pour lui, à l'occasion, de la pitié (faisant attention de ne pas verser quand même, ne serait-ce que fugitivement, dans le mépris ; leur éducation, leur tact et leur libéralisme le leur défendant), déplorant la faiblesse de quelqu'un qui, au fond, n'a pas eu assez de volonté, car au lieu de se laisser aller il aurait pu, s'il avait voulu, s'en sortir ; oui, il aurait pu, avec davantage de courage.

Ça te déchire le corps entier, de réentendre ce mot — en même temps que le bruit des motos qui tournent autour de la place et dévalent vers les quais. Luis aussi pourrait descendre à toute allure face au soleil, les mains serrées sur le guidon, mais on l'a emmené, Luis, on l'a enfermé, et pour eux un simple sujet de conversation, quelqu'un à mettre de préférence au centre des discussions avec leurs amis dans leur appartement si confortable et serein : un « cas », dont ils ont une connaissance directe, concrète ; elle n'est pas assurée par la lecture de livres ou de documents sur le sujet ; non, ils l'ont vu vraiment dériver, ne plus reconnaître personne, eux en premier. Et de cette situation ils tirent un privilège, oui, un privilège, surtout si Luis mourait, car ils pourraient bénéficier, non seulement de l'intérêt, mais de l'admiration de ces mêmes amis, pour avoir été si proches de quelqu'un qui a été victime d'un système intolérable, qu'il faut à coup sûr reconsidérer, changer dans son entier, car arriver à un drame pareil, n'est-ce pas?... Christine aura même peut-être un tremblement aperçu par tous, un tremblement d'un pathétique distingué, en évoquant cette dernière rencontre de Luis, Luis qu'elle a donc vu ce jour-là pour la dernière fois, oui, la dernière fois, sans se douter de ce qui allait se passer, par la suite.

Tu entends sa voix désolée redire le visage si pâle de Luis, et son obstination à ne pas la voir, à continuer seul son chemin, à négliger sa main qui pourtant s'agitait pour lui faire signe, pour le ramener vers elle, et puis elle se met à parler d'autre chose, d'une robe ou d'une boisson peut-être, sa voix s'estompe, se perd à mesure derrière les voix des vieillards qui sont venus s'asseoir sur le rebord de la fontaine. Tu reconnais le dialecte de ce quartier Saint-Vincent où se sont toujours exilés les paysans venus du fond de la plaine : des mots précieux, roulés dans le silence, avant d'atteindre leurs lèvres car ils parlent avec recueillement presque, très droits, jambes un peu écartées, yeux mi-clos et comme un très ancien bonheur maintenu resserré, paisible, entre les mille rides de leur visage. Il suffit que tu t'attardes à regarder les marques de ce bonheur pour que l'image de Christine achève de se retirer de ta mémoire. A peine laisse-t-elle après elle une ombre de cruauté. Déjà insaisissable. Sa silhouette va rejoindre, se confondre avec celles des hommes et des femmes qui là-bas envahissent les allées, maintenant que la chaleur se fait moins lourde; ces hommes et ces femmes, libres, modernes, insouciants, que la ville envoie en avant pour faire régner sa loi, pour qu'on se laisse prendre au mirage de leur éblouissante jeunesse, pour qu'on ne puisse pas deviner que les sourires sur leurs lèvres si fraîches, si belles, sont secrètement empoisonnés, pour qu'on ne puisse pas se douter que derrière leurs proclamations de tolérance, leur décontraction affichée, leur charme, ils sont pareils aux plus fanatiques gardiens de la loi, inquisiteurs figés, éternels, reclus au fond des tribunaux ou des temples, drapés dans les plis d'ombre d'une mort haineuse.

24

Ce soir, dans le hall du théâtre, les glaces, comme ternies, reflètent à peine quelques pans épars du feuillage de l'arbre de la place. Et comprises dans les vastes parois du velours usé, sillonné de traînées blanchâtres, elles paraissent appartenir à un théâtre désaffecté.

Difficile d'avancer dans la pénombre de la salle — heureusement, la lumière d'un projecteur, là-bas, au milieu de la scène. Assis, ou étendus sur les avant-bras, les comédiens. Silencieux. Pour une pause, sans doute. Le vrai décor n'est pas encore installé : toujours, cette seule étendue de tissu beige, au fond.

Au deuxième rang, à la clarté d'une lampe, deux têtes penchées. C'est Teresa qui annote les feuillets que le metteur en scène lui tend. Elle relève la tête, t'aperçoit, te sourit. Le temps de ce sourire : c'est pour elle, tu le sais, être contrainte de sortir de cet autre univers, minutieusement réglé, des voix, des gestes, des silences, qu'est déjà sûrement la pièce pour elle, cet univers cohérent et autonome, d'où elle s'est évertuée à bannir tout hasard. Reflet de l'univers de sa vie, à elle, Teresa, dont tu ne t'es approché toujours qu'avec admiration, fasciné par une telle harmonie. Son sourire ne s'efface pas tout de suite. Elle veut t'attirer, te comprendre dans le bonheur serein de son travail. Tu t'assois à quelques fauteuils d'elle.

Le metteur en scène se lève : « Allez... on recommence... et, ce coup-ci, on n'arrête pas... on enchaîne les scènes... on va voir ce que ça donne... d'accord?... » Les comédiens se redressent, se secouent de la poussière du plateau.

Voilà Lena, qui sort des coulisses dans sa robe de jean, son éternelle frange de cheveux noirs sur le front. Elle a dû récemment les faire couper derrière. Ils lui arrivent au bas de la nuque, ne coulent plus sur ses épaules — toujours aussi maigres, osseuses. Elle te semble pâle ce soir, la démarche lente, comme embarrassée. Elle que tu as toujours vue si légère, avancer en glissant presque, pour venir rire avec Luis avant de commencer.

Le metteur en scène lui crie : « Tu es prête, Lena?... » Elle se contente de lever la main. Les autres comédiens — quatre hommes, deux femmes — se regroupent devant la toile. « ... Bon, on y va, d'accord?... » Lena fait quelques pas. Elle dit, d'une voix assez basse : « Je pars... » Elle te serre la gorge, plus que jamais, la réplique de cette pièce, écrite par un dramaturge local sur un amour contrarié par son excès même. Lena avance un peu plus, répète : « Je pars », mais cette fois beaucoup plus fort. Sa voix résonne terriblement dans le théâtre. L'acteur se détache de la paroi, court, vient se placer à quelques mètres devant elle. Ils sont face à face.

Ce moment exact où il devait se décoller de la toile, puis surgir devant elle, Luis arrivait de moins en moins à le sentir. « Incapable de synchronisation dans le jeu », ils ont peut-être dit, ou quelque chose dans ce genre, quand on lui a enlevé ce rôle de l'homme que Lena aime à ne plus vouloir l'aimer, à en partir, quand il est redevenu l'un des simples figurants appuyés contre la toile.

Lena penche la tête en arrière. Puis elle la secoue de droite à gauche, de gauche à droite. Elle a vraiment le mouvement d'hésitation que le personnage doit avoir devant le bonheur qui s'obstine à rejaillir, là, dans sa vie, devant l'apparition de l'homme qui l'aime, debout dans la pleine lumière du projecteur. Oui, elle s'obstine à penser, par crainte de son propre amour revenu, par désir d'oubli, que l'homme est seulement un pli, un jeu de cette lumière, un leurre, qu'il n'existe pas. Mais tu as l'impression que cela dure un peu trop longtemps maintenant, qu'elle l'exagère un peu sa réticence, Lena, que ses mouvements qui se poursuivent et s'amplifient, marquent presque de l'affolement, ou une insupportable douleur à la tête — qu'elle balancerait en essayant de lui communiquer un rythme naturel qui ne lui appartienne pas, le rythme d'une plante secouée par le vent par exemple, pour que cette douleur soit déportée, imaginée, inculquée ailleurs.

Elle lance enfin cette autre réplique :

— Je ne veux plus vivre avec toi.

— Pourquoi?... tu crois qu'avec quelqu'un d'autre, tu seras plus heureuse?...

Geste de la main du comédien vers la toile, le vide.

— Non... je veux être seule, c'est tout...

— Tu sais bien que tu ne supportes pas un instant la solitude...

Lena agite à nouveau la tête, mais beaucoup plus lentement cette fois.

Alors, lui, il ouvre les bras :

— Viens... reviens... ma chérie...

Parfaitement immobile, Lena, plus pâle encore que tout à l'heure. Cet affolement devant le bonheur, l'homme réapparu, devient une sorte de panique à laquelle elle ne peut échapper qu'en essayant de rentrer de plus en plus en elle-même, en l'enfouissant, cette panique, au plus profond de la statue de pierre qu'elle voudrait être, là-bas, debout, sans respirer presque. Peut-être est-ce cette tension trop forte, qui se libère, n'importe comment, quand elle se décide enfin à s'élancer dans les bras de l'homme : elle vacille, sa robe craque, elle agite les bras — cela ressemble à une pantomime burlesque. Elle tombe sur les genoux. Les comédiens, contre la paroi, se mettent à rire. Lui, en face d'elle, aussi. Les rires redoublent quand elle rit à son tour, Lena. Ce sont désormais des rires très légers, ailés de bonne conscience puisqu'ils se croient assurés de sa complicité à elle, Lena. Ils peuvent jaillir carrément, elle ne leur en voudra pas. Ils exaspèrent le metteur en scène qui enjambe la rangée de fauteuils, bondit sur la scène. Les feuillets qui ont failli s'envoler, Teresa les serre sur sa poitrine.

Il saisit le bras de Lena, se met à crier :

— Ça ne peut pas durer comme ça, non, non et non... ce genre de fantaisie, ça ne peut plus durer, tu comprends?... j'en ai marre... marre... tu entends?... t'as pas fini de faire la conne, non?... t'es beurrée... oui, mais t'es beurrée, ma parole.

Il s'approche de son visage, de sa bouche qui continue à rire doucement, pour la flairer. Il se redresse enfin, avec un air de triomphe :

— Mais oui, elle est beurrée... complètement beurrée...

Il lui secoue le bras. Sur les yeux fermés de Lena, la mèche glisse :

— Bon, écoute... écoute bien... si t'as envie de te beurrer, tu te beurres... si t'as envie de te camer, tu te cames... moi, je m'en fous... chacun fait ce qu'il veut, t'entends?... mais, à ce moment-là, tu viens plus ici, tu laisses le rôle... on peut pas se beurrer et jouer en même temps, t'as pas compris ça?... c'est la dernière fois... la prochaine, je te fous à la porte... ça fait pas un pli, t'entends?... je te fous à la porte...

Elle t'écœure, cette rage du metteur en scène qui a dû travailler, pendant des semaines et des semaines, sur les moindres nuances de sentiments de son héroïne, sur les moindres variations de son amour, a étudié, dessiné, prévu ses moindres faux pas, hésitations et défaites, mais est incapable de deviner la fatigue de Lena, ne voit même pas que si Lena a bu peut-être ce soir avant de venir, c'est qu'elle se sentait déjà débordée par une souffrance trop vive pour qu'elle puisse même espérer la résorber dans son jeu, la faire passer dans son personnage.

Le rire de Lena s'éteint. Juste un rire d'enfant au milieu d'un pré, et qu'on entendrait de la route, en passant très vite. Si légère aussi, elle redevient : il lui lâche le bras. Elle se rejette en arrière, regarde avec fixité le lustre, la musique des cristaux entrechoqués par le vent. Comme si elle voulait s'y brûler, s'y perdre.

C'est Teresa qui, maintenant, s'approche d'elle :

— Si tout le monde faisait comme toi, où on irait?... tu te moques des autres... tout ce qui t'intéresse, c'est toi...

Douceur et fermeté de sa voix, mêlées. Le visage de Lena s'est amaigri d'un coup sous sa mèche considérable, trempée de sueur, que Teresa veut redresser. Mais elle s'esquive, Lena. Elle tourne la tête, ferme les yeux.

Il se remet à crier :

— On arrête pour aujourd'hui... on arrête... (et plus bas :) j'en ai assez d'elle, assez... je ne veux plus la voir... c'est fini, fini...

Elle est si pâle, Lena. Avec ses yeux fermés, sa mèche inerte au milieu du visage : une morte.

Tu en as assez de rester dans l'ombre. Spectateur. Lâche. Tu montes le petit escalier. Le trouble qu'on ressent, quand on monte sur une scène de théâtre, qu'on arrive dans la lumière d'un projecteur. Une partie de soi semble se détacher, s'effacer. Tu vas lui dire à Lena, que tu sais sa fatigue, ce soir, qu'elle n'est pas seule. Mais elle s'est déjà redressée, mains sur les oreilles, comme si revenaient vers elle, à la fois, toutes les insultes du metteur en scène. Elle t'aperçoit. Le reflet d'un sourire sur ses lèvres. Et puis, elle se retourne, s'élance. Arrivée juste devant l'entrée des coulisses, elle s'arrête. Elle paraît calme, soudain :

— Vous croyez qu'on ne peut pas s'en sortir sans vous?... mais je me débrouillerai.

Il y a des larmes dans ses yeux. Elle ouvre la bouche, pour dire autre chose. Rien ne s'articule. Elle tourne la tête, disparaît. Ses pas précipités dans les coulisses. Puis un silence de défaite sur la scène. Tu te tournes vers Teresa :

— Vous n'allez pas la garder?...

— Sans doute pas... non...

— Ça ira mieux la prochaine fois... ce n'est pas une répétition de plus, ou de moins, qui changera les choses...

— Mais si... justement... et puis, je ne voudrais pas te faire de peine, mais avec Luis, on a déjà assez perdu de temps comme ça.

25

Une foule, déjà, danse en bas sur la place, parmi les arbres éclairés. C'est la fête du quartier sans doute. Des motos dévalent la rue, des confettis volent. Des appels, de balcon en balcon. Toutes les fenêtres sont ouvertes. Sur le trottoir, des femmes un peu guindées dans leurs robes neuves, s'attendent. Teresa descend les marches du théâtre. Cette fois, elle doit avoir fini de discuter. Elle se penche vers toi : « On marche un peu?... » Les jeunes gens qui s'élancent vers la place, vous frôlent. Ils se lâchent les bras pour les reprendre tour à tour.

— Je suis vraiment contente que tu sois venu me chercher... tu as l'air d'aller beaucoup mieux... tu vois, on s'habitue à tout... je suis rassurée... parce que, je peux te le dire maintenant, l'autre jour à la terrasse de l'Excelsior, tu m'as fait vraiment peur...

Elles ne te touchent pas, ces paroles de Teresa, elles s'abîment dans la fêlure qui vient de vous séparer. Cet homme qu'elle évoque — le visage défait, les traits ravagés de fatigue, à la terrasse de l'Excelsior — elle ignore qu'il n'a pas vraiment disparu, qu'il existe encore. Tu ne l'as pas renié. Il est seulement rentré en toi pour s'y étendre, et avant que la vie bientôt ne lui ferme les lèvres, il t'a transmis le secret de ses dernières forces, les plus profondes, les plus vives, celles dont tu as besoin pour attendre Luis.

Vous vous arrêtez au bord de la place. Sur l'estrade, l'orchestre. Avec un groupe de chanteuses, très maquillées, en robes longues, noires. Glissent sur leurs épaules, au gré du vent, des boas légers, aériens. De vrais boas pour fête d'été. C'est une chanson violente et douce à la fois. Quand leurs voix s'arrêtent, que la trompette joue seule, la musique devient si grave par elle-même que personne ne bavarde plus au bord de la piste, que les danseurs s'enlacent très fort et que les enfants, grimpant aux échafaudages, se sont arrêtés, médusés. Une musique si profonde. Elle creuse la nuit. Éclats de bonheur et de désespoir dans les yeux de tous. Elle ouvre quelque chose en toi, aussi — le temps éclaté, à mi-chemin entre la vie et la mort. D'elle seule, dépendrait qu'il bascule dans un sens, ou dans l'autre.

Lorsque les voix des chanteuses reprennent, même très belles, paraît s'achever un rite. Un rite qui aurait soumis le corps entier à une brutale extase, avant qu'il ne soit rendu progressivement à la réalité, à la nuit d'été, au bal. Tu sens la présence de quelqu'un juste derrière vous. Un des acteurs de la troupe. Il se rapproche de Teresa, se colle presque à elle. Envoûtée elle aussi, elle ne s'en est pas aperçue. Puis, très vite, il l'embrasse dans le cou — « Luis! »

Cette exclamation étouffée, c'est bien des lèvres de Teresa, qu'elle vient de s'échapper, oui. Tu ne vois plus rien, pendant quelques secondes. Tu l'entends haleter, puis rire très fort.

Il a reculé de surprise :

— Qu'est-ce qui te prend?

Elle tourne la tête, cesse de rire.

— J'ai ma voiture, là... je rentre en ville, vous ne voulez pas en profiter?

Elle sourit, à nouveau sereine :

— Non, je préfère rester encore un peu... l'orchestre est vraiment excellent... tu viens?

Vous vous engagez dans la foule qui maintenant reflue. Un poing t'appuie sur le cœur. Est-ce par hasard que l'exclamation est venue sur ses lèvres? Vous êtes sans cesse bousculés, séparés. A la lumière crue des lampes dans les arbres, les rides sur son front t'apparaissent plus précises. Tu aimerais l'emmener dans l'allée au bord du fleuve. Elle y répéterait peut-être, par hasard? — oui, par hasard — le nom de Luis qui cette fois éclaterait dans le silence. Mais elle n'a de cesse, avec une obstination tranquille, tout en continuant à avancer, de ne pas s'éloigner du bord de la place. Elle caresse parfois les cheveux des enfants, qui courent dans tous les sens. Elle te sourit. Elle porte parfois la main à son cou, comme pour y retenir la trace des lèvres de l'homme.

26

Difficile de trouver un endroit libre dans ce café, au bord de la place, où tu l'as enfin décidée à entrer. Sur la plupart des tables, sont assises les chanteuses. Très entourées. Elles bavardent, balancent leurs jambes dans le vide. Les boas ballottent sur leurs cuisses, leurs bras. Elles les ont conservés exprès après le spectacle, ces boas. Pour que cette danse insaisissable de plumes autour de leurs corps les protège un peu de leurs admirateurs. Cela, bien sûr, ne fait que les exciter davantage. Ils essaient de caresser ces rappels poignants, froufroutants, de la chanson — en vain. Vous vous engagez dans la salle avec prudence. Et même la réticence de Teresa qui serre son sac sur sa poitrine. Elles commencent en effet à se passer des assiettes remplies d'huile bouillante et de poissons frits; ils continuent parfois à y cuire. Bousculade pour les porter jusqu'à leurs mains. Certaines s'en renversent sur les jambes ou le ventre. Odeur de chair roussie. Pagaille de hoquets et d'exclamations.

Une infinie précaution pour vous frayer un chemin jusqu'au fond de la salle. Teresa s'appuie contre toi. Les boas, eux, n'échappent pas aux brûlures. Il suffit d'à peine quelques gouttes. Une, même, appelle : « Où est mon boa?... » Mais c'est un boa de plumes toutes noires qui, avant de s'envoler, bouge vaguement autour de son cou. Elle ne peut pas le voir. Elle lève les yeux trop haut, perdus dans la fumée. Elle se retourne, jette les mains un peu partout, pour essayer de rattraper ce rêve en cendres qui s'évanouit dans l'ombre huileuse, va semer d'autres brûlures, une série de claques légères.

Enfin, une table libre. Vous vous y asseyez. Teresa pose son sac sur la table. De nouveau elle porte la main à son cou. Pour la première fois, tu la vois répéter un geste passé, s'y attarder, s'y abandonner. Tu appelles, pour commander à boire. Impossible qu'on t'entende parmi ce vacarme de lèvres croustillantes et de lapements brûlés.

La chanteuse assise sur la table à côté t'a entendu, elle. Elle te donne son verre de vin. Tu le passes à Teresa qui hésite, puis y trempe les lèvres — tout en la regardant avec ironie, elle qui, en voulant s'essuyer la sueur sur les joues avec le bout de boa qui lui reste, n'arrive qu'à se faire des taches noires, gluantes, sur le visage.

Un homme en costume blanc s'approche de la table, la prend par la taille, l'emmène. En arrivant à la porte, il lève un petit pistolet d'enfant. Éclate un nuage de poudre à bon marché. Rires. Jurons. Tourné vers lui, le visage de Teresa se crispe de dédain. La poudre vient peu à peu vous piquer les yeux.

27

Les « ciao » se détachent sur le silence du café. Ils sont de plus en plus faibles, empreints de cette lassitude qu'amène l'autre versant de la nuit. Rares, désormais, les verres de vin distribués. Quelques-uns encore sur votre table. Vides. Les yeux de Teresa sont pâles. Sa main est serrée à son cou. Chaque fois que, par quelques mots, tu as voulu attirer son attention, elle s'est détournée. Derrière elle, un homme assis sur un tabouret dans l'ombre tient une femme sur ses genoux, jambes écartées. La femme se lève. Elle titube. Quand elle passe près de toi, elle te regarde puis se penche. Entre tes lèvres glisse sa langue. Ses yeux sur tes yeux se ferment. Tu sens la chair fine de son dos. Elle se détache, se redresse, s'en va. Tu te retournes. Teresa vient de retirer sa main de son cou. Elle cherche quelque chose dans son sac, en riant doucement.

Ces plumes noires : un reste de boa, dont une main veut t'envelopper les épaules. Inutile de te retourner — cette main délicate et vigoureuse à la fois, c'est la main de Teresa. Sa voix aussi, au-dessus de toi :

— Ça lui va bien, non?... il est superbe avec ça, vous ne trouvez pas?... superbe...

Elle t'étreint la gorge, l'impatience acerbe, la crispation enjouée de cette voix. Tu la vois maintenant qui étend le bras, très largement. Elle a le geste d'une démonstratrice qui t'exhiberait, toi avec le boa, et qui essaierait de ranimer leur attention, à eux qui sont affalés sur les tables ou les chaises. Peu nombreux — les chanteuses sont parties. Quelques rires. Si lointains, si discrets ; ils te semblent ne pas exister. Comme te paraît irréel ce mépris soudain de Teresa. Tu ne bouges plus.

Pourtant la pression de sa main s'affermit. Elle veut t'enfoncer à tout prix le boa sur les épaules, pour qu'il y adhère, te rentre presque dans la peau, ait de bonnes chances d'y tenir. Et sa voix devient plus véhémente et provocante encore :

— Si vous l'aviez vu, quand on est allés tous les trois dans la boîte, il voulait tout rafler au passage, pour se le mettre dessus... sac, foulard, colliers... tout y passait... Luis le retenait, essayait de le calmer... il avait tort, après tout... tu étais splendide, mon chéri... il était splendide, vous savez... vous ne me croyez pas?... mais si, mais si... pas la peine de faire le modeste, toi, de baisser la tête...

Il te fait mal, ce souvenir, parce que c'est un éclat de bonheur — ce jeu libre, ivre, ce soir-là — qui se plante dans ton cœur.

Elle te passe ses lèvres dans les cheveux. Son plus haut degré de tendresse et de haine. Puis sa main se détache, le lambeau de boa tombe par terre devant toi, ses pas s'éloignent. Emportant ce ressentiment dont la violence vient d'achever de briser des années de complicité. Ivresse de dominer à distance les hommes qu'elle redoute, en espérant humilier celui d'entre eux qu'elle pense être le plus vulnérable : un homme qui en aime un autre? Ou bien : une preuve de plus de son amour pour Luis? Peu importe. Tu n'arrives même pas à te lever tellement tu as le cœur vide.

Quelques détonations encore, là-bas, sur la place — rappels mécaniques et vains de la fête déjà finie. De plus en plus éparses et étouffées, elles te parviennent à peine au fond du café désert. Les néons s'éteignent. Sous les tables et vers la porte, miroitent les taches d'huile.

28

De quel côté de la nuit elle vient, cette voix : tu n'arrives pas à le déterminer. Elle erre longtemps indécise dans l'ombre, disparaît un moment, recouverte par le silence. Et puis, elle se rapproche très vite. Des mots éclatent tout près, distincts : « On va fermer, monsieur... » Au-dessus de toi, le visage du serveur. Il te bouscule, enlève les verres. Devant ton inertie, il répète : « Vous avez entendu, monsieur? On va fermer. » Avant de sortir, tu as besoin de te tremper la tête sous l'eau. Tu te lèves péniblement. Tu dois enjamber les tabourets renversés, les taches d'huile sur le sol et, dans l'escalier aux marches étroites et hautes, secouer la fumée qui stagne. Par terre, les débris d'une soucoupe. Des pièces éparses.

Un rai de lumière. Une porte entrebâillée. Un bandeau dans le lavabo à moitié sur le rebord, et sur lequel coule un filet d'eau. A côté, assise devant la glace : Teresa. Très pâle. Tu t'appuies contre la cloison. Tu te penches un peu pour la regarder, en retenant ton souffle. Elle a un bâton de rouge à la main. Sa main est tendue à la hauteur des yeux, parcourue par un léger tremblement. Hésitante — comme si elle était incapable de se souvenir exactement de la fonction du geste qu'elle s'apprête à accomplir. Soudain, elle lance sa main. Elle se fait deux traits rouges sur le front. Sur ses lèvres : un sourire? Peut-être qu'elle joue, qu'elle s'amuse à se désorienter elle-même, qu'elle se plaît à ne plus savoir où sont ses lèvres. Non

— elle devient plus pâle encore. De nouveau, elle lance la main. Avec plus de brusquerie encore. De précision aussi. Deux grands traits bien parallèles, cette fois. Mais un peu plus haut, sur le front.

C'est une véritable pagaille rouge qu'il y a, là-bas, sur son front. Avec ces variantes sombres : les rides — que la fatigue et la tension viennent d'approfondir davantage. Elle essaie de faire bouger son front pour qu'il se plisse, pour qu'il y ait deux lèvres qui s'incurvent et se forment enfin. De se rendre compte que cela ne lui est pas possible, ça l'effare. Ses yeux sont grands ouverts, fixes. Tu pourrais aller l'aider. Tenir le bâton de rouge. Lui en caresser longuement, tendrement, les lèvres. Les faire sourire à nouveau, ces lèvres crispées, sèches. Mais tu es incapable d'accomplir le moindre pas vers elle, tellement tu es saisi de la voir perdre ainsi le contrôle d'elle-même, ne plus pouvoir se reconnaître, elle qui a toujours voulu incarner la maîtrise de sa propre peau. Et pourquoi ce soir, oui, ce soir, cette harmonie disparaît-elle d'un coup? — à moins que jusqu'ici tu aies toujours désiré n'être qu'aveugle?

C'est comme une autre femme pour toi qui, à un mètre à peine, vient de se baisser. Elle tâtonne du bout des doigts sur le sol où s'étalent, venant de dessous la porte du fond, des flaques d'eau et de pisse. Elle ramasse un petit miroir qu'elle a dû laisser tomber tout à l'heure. Elle se redresse en s'appuyant au lavabo. Elle lève le miroir au-dessus de son visage, le plus haut possible. Bien sûr la peau du visage s'y trouve tout entière morcelée, disséminée; de même que ses seins à travers son chemisier dégrafé. Elle est livide maintenant. Sa tête doit lui tourner un peu, avec tous ces morceaux semblables, épars devant ses yeux épuisés, et qu'elle tente sans doute de recomposer. En haut, un bruit de chaise renversée. Elle s'affole. Ses mains tremblent terriblement. Elle jette le miroir. Il éclate sur le mur. Elle s'incline sur le lavabo, essaie de prendre le bandeau trempé. Elle pleure.

Non, tu n'as pas beaucoup bu ce soir. Ta respiration est calme. Tu appuies fermement les mains sur la cloison. Tu ne rêves pas. Non, tu n'as jamais vu, même pendant ses pires crises, les mains de Luis trembler autant, le visage de Luis devenir aussi pâle, sa vie se démembrer aussi vite. Et pourquoi ce mot de « crises » te revient-il à l'esprit? Pourquoi on l'a exclu, Luis, exilé? Parce qu'il restait silencieux pendant plusieurs jours, qu'il a brisé par lassitude, dégoût, une ou deux machines à l'imprimerie, parce qu'il partait sans rien dire, sans se retourner, et qu'on le retrouvait quelques jours plus tard dans un wagon ou dans un champ, ivre encore de sa liberté? Pourquoi on le retient encore prisonnier, Luis, alors que tu pourrais le serrer dans tes bras, là, contre ce mur, et respirer ses cheveux, lui appuyer tes lèvres sur le cou toute la nuit, t'enfoncer dans sa peau avec les lèvres jusqu'à son cœur.

Ce bruit : le glissement d'une main sur le rebord du lavabo. Tu te penches. Elle a failli s'écrouler. Le bandeau s'est renversé dans une flaque. Elle le piétine doucement. Puis, lasse, elle s'arrête. Elle est comme suspendue dans la clarté puante. A peine déplacée, ballottée par elle. A moins que ça ne soit l'emprise de sa main, plus ou moins forte au gré des secondes, sur le lavabo. Elle murmure quelque chose. Sans plus le moindre tressaillement. Ça lui est peut-être devenu égal de ne plus savoir où elle en était. Elle se sourit même un peu dans la glace.

En tendant ses bras qui se remettent à trembler, elle cherche peut-être à évaluer la distance qui la sépare de la glace. Elle s'en approche progressivement, les yeux fermés, les tempes durcies. Elle y appuie la bouche. Puis elle y laisse glisser la langue. A la recherche de quelque aspérité? Elle s'en sépare enfin, ouvre les yeux. Elle avance vers la porte, puis s'arrête. Elle se penche. Pour ramasser le bandeau. Tu t'écartes. Tu te colles contre la paroi. Un cri de douleur. Elle a dû tomber sur ses genoux; ou de tout son corps. Tu n'as pas envie d'aller l'aider pourtant. Elle incarne désormais a tes yeux ce mensonge : celui d'avoir imposé en douceur l'image d'une raison certaine, s'employant à apaiser ceux qui s'imaginent dériver, et s'en persuadent à la fin, tenaillés par l'obsession de leur faiblesse, aveuglés par le soupçon d'eux-mêmes.

Tu te détaches de la paroi, tu remontes l'escalier. La fumée s'est à peine dissipée. Tu te cognes contre le serveur qui hurle :

— Alors, qu'est-ce que vous fabriquiez?... je suis pressé de rentrer, moi, vous comprenez?...

Tous les tabourets sont rangés sur les tables. Quelques débris de boas brûlés traînent encore sur le seuil.

Au moment de sortir, tu te retournes :

— Il y a encore quelqu'un en bas...

Il te regarde, incrédule, hésite; puis il descend à toute allure.

La tiédeur de l'aube. Le ciel blanc. Les feuilles des arbres sont encore lisses, sans poussière. Des taxis vides déferlent dans l'avenue de l'Arsenal, le long de la mer. Ils ralentissent un peu quand ils arrivent à la hauteur du dernier groupe de danseurs qui avance devant toi, en chantant, le long des balustrades, vers les collines. Ils sont serrés les uns contre les autres, mains croisées, nouées dans le dos ou libres, tenant un chapeau de carton, un foulard. Les femmes ont laissé glisser sur leurs bras les bretelles de leurs robes. Ils marchent tous lentement, presque avec gravité, comme chargés de porter ensemble le secret de la nuit, sa dernière douceur éteinte. Tu aimerais te mêler à eux, reprendre avec eux tous les airs du bal. Et surtout cette chanson qui vous a tous médusés hier soir sur la place. Si d'elle, dépend toujours que le temps éclaté bascule dans un sens ou dans l'autre, c'est vers la vie qu'il basculerait maintenant. Car tu as cessé de croire ce matin en une raison — despotique, étouffante

—, sa loi a fini de régner dans ton corps. Il ne sera plus jamais abîmé d'obéissance, ravagé de respect. Il ne sera plus jamais ce pays déchu qu'il est devenu le jour où tu les as laissés emmener Luis, les instants de bonheur ancien s'étant réfugiés, emprisonnés d'eux-mêmes, pour que tu les oublies, dans les failles souterraines de sang séché, à l'ombre du temps heureux abdiqué, recouvert d'un masque de pierre. Un pays condamné, perdant progressivement sa vigueur à force de se soumettre à la voix impérieuse de cette raison invisible et souveraine, qui aurait bien fini par lui faire négliger jusqu'à ses propres ressources, ses propres richesses, en le persuadant qu'il ne pouvait plus que se décomposer de lui-même, après avoir subi la violence d'un climat aussi étrange. Mais cette loi qui s'est emparée si aisément de parties entières de ta vie, elle était peut-être déjà présente, sournoise, dans la respiration même de ton amour. Miné, troué déjà, cet amour, pendant les mois qui ont précédé son départ, par ces incitations, désirs, conseils intérieurs, que tu croyais voir surgir spontanément en toi « pour son bien », et qui n'étaient que les armes déguisées, favorites, de la loi, s'employant d'une manière insidieuse à te faire considérer ce départ comme nécessaire, salutaire, y collaborer, le provoquer même : « Oui, c'est vrai, il doit partir, ce n'est pas possible autrement... » Maintenant qu'a disparu le soupçon de Luis, le soupçon de toi, tu n'as plus à t'incliner devant rien. Dans ce vide immense en toi, vient battre le bleu du ciel. Il éclate au-dessus de la mer.

Ils se sont arrêtés, éblouis. Tu les as presque rejoints. Les femmes passent leurs bras autour du cou des hommes, puis se collent contre eux. Peut-être qu'ils vont se remettre à danser, en oubliant le ciel et sa lumière, et que c'est le matin déjà. Les mains lâchent les chapeaux qui glissent sur l'avenue. Mais l'un d'eux, à l'écart, a ouvert la portière de sa voiture, les appelle. Ils s'élancent, s'y engouffrent en riant. Lorsque le moteur s'emballe, cela ne trouble pas les oiseaux de l'île qui affluent sur les balustrades. Ils s'assemblent en petits tas de plumes sombres.

29

Toute une misère, ce matin encore : celle de la mer, traînée là-bas avec peine par le soleil comme une très vieille esclave, aux poignets bleuis, à force justement d'être traînée, une esclave renversée, hébétée, la respiration lente. Le moindre de ces battements épuisés, tu as eu le temps de le percevoir, depuis que tu es là, dans cette cabine, la pièce collée à ton poing qui ne s'est pas détaché de la vitre. Les collines désertes autour, percées de cavernes, sont pareilles à d'énormes gueules de chiens figées, isolées les unes des autres pour l'instant, mais attendant en fait qu'elle s'immobilise pour s'unir et lacérer son corps, qui se creuse, se recroqueville en une pitoyable masse blanche, déformée de vieillesse — oui, la mer qui dure encore, encore un peu, jusqu'à s'écrouler, puisqu'il n'y a plus rien, nulle part, pour lui porter secours.

Mais bientôt Luis arrivera devant la cabine. Il frappera contre la vitre. Il ouvrira la porte. Il t'emmènera sur les collines. Les cavernes ne seront plus des gueules avides, puisqu'elles auront été étouffées, pleines des tonnes de sable que le vent commence à leur balancer dessus. Elles seront à jamais muettes. Et leurs parois s'écrouleront, s'écouleront comme du sable, au moment où vous tendrez la main, pour la relever, la mer. Un seul geste, mais immense, plein de vigueur. Elle se mettra à respirer à nouveau très fort, vous entendrez enfin battre son cœur, son cœur de jeunesse. Un dernier craquement de vieux os : juste pour montrer à quel état l'avait réduite son obéissance éternelle au soleil. Le sursaut de son cœur revenu fera s'envoler, tous à la fois, les oiseaux affolés; cette danse de son cœur à en donner le tournis aux îles, à vous en étourdir, jusqu'à ce que, sans même vous en rendre compte, elle vous ait entraînés, et précipités en elle.

Cet espoir te fait vaincre ton appréhension, enfoncer enfin la pièce dans l'appareil, composer le numéro du médecin — il détient tout de vous. Le vent de sable glisse sur les parois de la cabine. Déjà surgit sa voix sèche :

— Allô... allô... qui êtes-vous?...

— Je suis l'ami de Luis.

— Vous voulez avoir de ses nouvelles, sans doute?...

— Oui.

A peine son souffle — terrible.

— Il va bien, je pense...

Sa voix s'est radoucie. Une ombre de pitié?

Tu t'absorbes le plus possible dans la contemplation d'une balle qu'un enfant jette en l'air (le temps se résumant à ce bras levé, cette forme rouge qui monte dans le ciel) pour que ta voix, se dissociant de toi et ne t'appartenant plus puisse lancer d'un trait :

— Quand va-t-il revenir?

La balle bascule dans le silence.

— C'est très difficile à dire, vous savez... ça dépend...

— Ça dépend de quoi?

— Et bien, même si son état s'améliore, un temps de réadaptation sera nécessaire...

— Mais c'est des jours?... des semaines?...

— Plutôt des semaines...

La mer blessée, ça la déchirerait tout entière de la sortir d'elle, sa protestation, elle risque d'en crever. Peut même pas le faire savoir qu'il lui est impossible de continuer. Mais toi, tu peux. Tu hurles :

— Pourquoi des semaines, hein?... pourquoi pas des mois, des années? tant que vous y êtes...

Elle te saisit le cœur à nouveau, cette injustice : pourquoi Luis? Oui, pourquoi Luis? Il bredouille quelque chose. Mais c'est quand même pas sa sale voix, à lui, qui va décider du retour de Luis, ou non. Sa voix d'oracle minable, qui ne jouit qu'à les voir couler, les larmes, sur les visages épuisés d'attendre. Et qu'il ne rajoute pas qu'il faut que Luis reste là-bas longtemps, bien longtemps encore, parce que c'est nécessaire, parce qu'on ne peut pas faire autrement, parce qu'il faut comprendre, il faut le temps, oui. Qu'il ne dise pas ça. Tu lui enfonceras alors dans sa voix, les éclats de cette vitre que le vent vient de briser, jusqu'à ce qu'elle avoue qu'elle n'est bonne qu'à déverser toute la saloperie du monde, sa voix; qu'à se débarrasser en douceur de son pus enrobé. Une saloperie mielleuse, mesurée, de sang-froid, toute cette saloperie qui se met dessus le masque du conseil, de l'ordre amical, de la sagesse, pour mieux vous abattre; la saloperie de ce pouvoir fielleux auquel tu t'es toujours laissé prendre, engluer, cette saloperie qui continue à grouiller dans ces lambeaux de voix qui te parviennent encore — tu les laisses traîner, insaisissables, informes : « Ce n'est pas du jour au lendemain... soyez patient... patient... »

Elle s'est retirée à temps, sa voix.

Seul, le bruit de la tempête de sable. Elle effrite la clarté, aveugle les façades. Tu as besoin de l'énergie intacte de ta colère, pour réussir à ouvrir la porte, que le vent rabat sans cesse, et courir. La mer a disparu. Tu te réfugies dans la galerie, sous les arcades. L'ombre y est épargnée, à peine secouée par endroits. Tu t'appuies contre un des rideaux de fer baissés. Les magasins sont encore fermés. C'est une autre ville que tu voudrais avoir sous les yeux, devant toi. Une ville de paix et de verdure. A l'air glacé, pur. Une ville du Nord. Pleine de bancs de marbre blanc et d'amandiers.

Les nappes de sable retombent, se défont. Une accalmie. A peine un crissement le long des piliers — les écorchures d'un silence très profond. Pareil à celui qui a suivi le mot « semaines » tout à l'heure. Il t'amène, avec une terrible force d'évidence et de réalité, cette idée : et si Luis ne revenait jamais? Luis qui a trop crié là-bas, Luis qui les a frappés, a voulu les étrangler, les tuer. Luis étendu alors, les bras et les jambes ligotés par des sangles de cuir, et qui aurait continué quand même à crier, à aller rechercher dans la moindre partie de son corps immobile des braises de vie, pour nourrir son hurlement continu, jusqu'à ce que cet hurlement s'épuise, s'éteigne de lui-même, qu'aucun son ne sorte de sa bouche. Gardant les yeux ouverts dans la pièce obscure, finissant par croire que c'est la nuit toujours, que la nuit est venue s'installer dans l'univers entier, que les hommes ont fait un pacte définitif avec elle, la nuit, ont commencé à vivre avec elle, respectent son silence, et qu'il doit faire comme eux, ne plus rien murmurer, ne plus rien regarder, puisqu'il n'y a plus rien à regarder, à dire, avec toute cette nuit, là, autour.

Ou bien : Luis revenant dans plusieurs semaines, comme l'autre l'a dit, passant à côté de toi, plissant les yeux, à cause simplement du soleil, ou te regardant vaguement, comme on fait pour quelqu'un rencontré il y a longtemps, dont on ne se souvient pas très bien. Luis, avec derrière les yeux toute une vie arrachée. Seules quelques nervures, quelques racines de cette plante de vie qu'on n'aura pas réussi à couper ras, et qui flottent dans son regard, dissociées, sans parvenir à se rejoindre, à s'unir. Luis continuant à avancer; il va peut-être se retourner dans quelques secondes, comme le premier jour sur les quais, tremblant, radieux. Mais non : il s'enfonce dans la ville, comme si de rien n'était.

Ou bien : Luis s'enfuit dans le parc. Parmi les arbres innombrables. Il s'arrête devant l'un de ces arbres. Il scrute la moindre de ses branches, la moindre de ses feuilles. Luis pendu à l'un de ces arbres.

Ou : Luis posant sa tête contre le mur, sans bouger, comme pour pleurer, et commençant à la frapper de plus en plus fort pendant des heures, jusqu'à ce qu'elle éclate.

30

Le ciel est gris. On a allumé au fond des boutiques. Ils déambulent. Des femmes s'arrêtent parfois devant les vitrines. Puis elles entrent. Leurs mains vont glisser sur les tissus. Elles ne s'attardent jamais longtemps. Lorsqu'elles ressortent, elles lèvent presque toutes machinalement les yeux vers l'autocar. Leurs silhouettes s'estompent peu à peu. Elles te deviennent lointaines, s'effacent dans la rumeur de la ville.

Le chauffeur arrive enfin. Il se retourne avant de s'asseoir. Il paraît surpris du nombre restreint de passagers : un homme derrière son journal déployé; une femme au fond, au visage aigu, ses grands yeux cernés. Il reste immobile devant son volant, à regarder la rue, comme pour vous rendre le départ improbable. Puis il finit par démarrer. Fracas des vitres et de la tôle, en dévalant les rues étroites. Balcons vides, volets fermés. Ordures renversées partout sur les trottoirs. Elles deviennent plus abondantes à mesure que vous vous approchez du port, à mesure que vous vous éloignez du centre de la ville. Tu n'y reviendras qu'en sachant si Luis a conservé, intacte, sa vie, ou si déjà elle s'est éteinte. Sur tes poumons appuient les dalles brûlantes des quais.

Tu n'arrives pas à voir si c'est le bateau de l'île qui s'en va là-bas, presque vide, le long de la jetée — à peine quelques silhouettes rassemblées à l'avant. Les portes des entrepôts s'ouvrent. Sur le terre-plein, au bout du quai, des hommes sont encore étendus sur les bâches, dans la moiteur de l'après-midi. L'asphalte à nouveau. L'odeur de poussière sèche dans les rues du faubourg. La série des maisons basses, et leurs jardins déserts. Les ballons des enfants frappent contre les murs. Ça fait de légères détonations dont vibrent les terrains vagues derrière; elles doivent résonner jusqu'à la mer. Tu reconnais la route de la plaine, cette immense étendue d'une terre si particulière qu'elle devient au soleil aussi aveuglante que du sable, contraint à fermer les yeux. Tu entends parfois le claquement entre elles des planches des camions dépassés. L'autocar, lui, n'a plus aucun soubresaut.

C'est l'impression de fraîcheur qui te saisit, lorsque tu rouvres les yeux. Un ruisseau, le long de la route. Une allée bordée d'arbres. Puis une longue clôture de grillage. Des fleurs. La pancarte, aux lettres noires, inclinées : « Maison de santé ». L'autocar ralentit, s'arrête. Lorsque tu te lèves, l'homme obstinément abrité derrière son journal redresse la tête. Il s'apprête sans doute à descendre. Elle le suivra à son tour. Mais tu te retrouves seul au bord de la route. L'autocar déjà repart.

Tu longes le grillage. A la lucarne de sa guérite, le gardien. Il va sans doute t'empêcher d'entrer. Tu t'enfonces très vite, en te baissant, dans l'étroit passage libre entre les grilles et la guérite. Tu t'attends à ce que, d'une seconde à l'autre, son cri déferle sur tes épaules.

Non, il ne t'a pas vu. Tu avances sur le chemin goudronné. Tu as la gorge tellement nouée que tu crois ne plus pouvoir respirer. Ton souffle se réduit à quelques pointes brûlantes qui te criblent la poitrine, s'y dispersent, puis remontent encore plus acérées. Tu as tellement peur qu'on t'arrête à tout instant. Et t'envahit à nouveau cette appréhension de ne revoir en Luis que l'ombre de lui-même, son visage vieilli, ses mains inertes. Pour vaincre cette peur, pour continuer à marcher, tu ne veux penser qu'à cet espoir : c'est lui qui t'appellera, le premier; oui, lui seul, qui s'élancera. Chaque grain de l'air éclatera de cet appel, le monde entier s'ouvrira sous les pas de sa course.

Tu fais un effort considérable pour que le paysage cesse de vibrer, à tes yeux, pour que ses masses brouillées retrouvent leur place. Les couleurs, les lignes, les formes progressivement se précisent. Trois pavillons, à droite. Des escaliers s'enfoncent derrière, dans les massifs de genêts et de lilas sauvages. A gauche, un bâtiment avec, aux fenêtres tout ouvertes, des piles de linge — devant, rangées, quelques voitures. Parmi elles, une voiture noire. Pareille à celle qui est venue chercher Luis. En face, une plate-forme de maçonnerie surélevée. Des tables et des chaises, vides.

Seule la porte du troisième pavillon est ouverte. Tu longes les murs des deux premiers, pour l'atteindre. Tu entres dans le hall. Sombre. Humide. Un couloir, à droite. Une salle. Ils sont, dos tourné, assis le long d'une grande table. Tu ne vois pas s'il est là-bas, avec eux, Luis. Tu ne bouges plus, le front appuyé sur la vitre. L'odeur du hall, cette odeur de bois, légèrement moisi et de linoléum, t'imprègne peu à peu la bouche, les poumons.

Une forme se déplace devant toi. Un homme très grand. Son pantalon de pyjama lui glisse le long des jambes. Il penche en avant son corps blanc et mou, essaie de se faire passer le sexe le plus loin possible entre ses jambes. Il détourne la tête. Son regard : plein, mat. Des yeux immobiles, comme greffés. Des yeux dont on aurait annulé tout tiraillement nerveux, tout battement irisé, tout afflux de sang. Et si les yeux de Luis étaient devenus pareils à ceux de cet homme : sans vie. Des yeux aveugles. Ça se brouille à nouveau. Tu ne vois qu'une masse qui s'abaisse lentement, s'affale.

La porte s'ouvre. Tu manques tomber en avant. Un infirmier.
— Vous voulez voir quelqu'un?...
— Oui... Luis Etcheverria.
— Je n'ai pas ce nom.

Elle te glace, cette réponse machinale.

Au moment de se retourner, brusquement :
— Mais que faites-vous ici?... vous ne savez pas que toute visite est interdite?
Il se baisse pour relever par les épaules l'homme assis par terre, les jambes écartées, et en repoussant la porte, de son bras tendu :
— Vous ne réussirez pas à le voir... il vaut mieux que vous partiez tout de suite, avant qu'on ne vous repère...
La porte se referme. Tu te colles contre la paroi. Elle te rentre jusqu'au cœur, l'odeur du hall. Elle t'imbibe le sang. Là-bas, la tache claire du jour, dehors.

Peut-être qu'il t'a menti. Peut-être que Luis est assis au fond de la salle, ou replié dans un coin. Tu te penches à nouveau. Tu ne trouves pas sa silhouette parmi eux, autour de la table. Et tu n'y reconnais, nulle part, dans cette salle, la trace de ses pas, ou de son silence. Il n'y a qu'une seule femme, debout. Elle s'avance, face à la porte. Les lèvres fermées, piétinant le sol, à pas menus, rapides, et serrant les bras très fort sur son ventre, comme si elle avait froid.

A force de regarder ces bras noués, ton appréhension disparaît. Il te semble qu'il suffit de si peu, d'un geste, d'un mot peut-être, pour qu'ils s'ouvrent largement à nouveau, ses bras, et qu'elle coure vers quelqu'un, heureuse. Comme avant. Avant qu'elle n'ait décidé, un jour, de les fermer à jamais, ses bras. Pareille à tous ceux qui, le jour où ils ont eu un peu plus de solitude encore, juste un peu plus, se sont inventés pour eux-mêmes des gestes sauvages, rigoureux et implacables, afin de s'isoler. S'enlaçant eux-mêmes, s'envoûtant, se capturant avec les chaînes de ces gestes, seuls bien sûr à connaître le secret du rite qui les ordonne, faisant taire leurs voix aussi, fermant leurs lèvres, et puis finissant par l'oublier, la formule secrète de ce rite qu'ils ont pourtant composée eux-mêmes, oui, l'oubliant, à force de déambuler à l'abri des murailles de leur peau, au-delà desquelles ne s'élève jamais plus leur regard, où ne glisse que le souffle de leur silence. Des citadelles où ils se sont isolés à jamais, parviennent seulement des lettres balbutiées, des sons légers sanglotés : ce sont les battements très lointains, les rappels presque imperceptibles de leur besoin d'amour, si exigeant en eux avant, il y a si longtemps, qu'il en aurait fait éclater le ciel, et qui, se trouvant en l'espace de quelques secondes trahi ou refusé, est venu s'enterrer au fond d'eux-mêmes.

C'est peut-être pour cela qu'elle serre si fort les bras sur son ventre, la femme, jusqu'à ce qu'un autre jour, bientôt, quelqu'un découvre et vienne ramasser le secret oublié parmi les débris de sang séché, lui redise ce secret, à la femme, et que ce n'est plus la peine d'en avoir un, qu'elle peut, oui, qu'elle peut dénouer ses bras, ouvrir ses lèvres, puisque quelqu'un l'aime.

Un brouhaha. Des chariots chargés de linge défilent devant la porte, puis s'arrêtent. Une infirmière pénètre dans le hall. Tu te coules au long des murs. Tu te glisses au-dehors. Le soleil t'éblouit. Des voix t'encerclent. Elles sont trop aiguës, trop rapides, ces voix. Elles t'étourdissent, te désorientent.

Se détache, puis s'approche une jeune femme, en robe claire, cheveux courts, blonds, regard bienveillant.

— Que faites-vous ici, monsieur?...

— Je voudrais avoir des nouvelles de Luis Etcheverria.

— Vous êtes quelqu'un de sa famille?...

— Non... un ami.

Tu as du mal à l'articuler, ce mot, tellement il t'apparaît insignifiant, inadapté face à la réalité.

— Il va mieux... il a besoin de repos... d'un grand repos...

— Je ne pourrais pas le voir, ne serait-ce qu'un instant?

— Non, c'est impossible, et d'ailleurs vous n'auriez jamais dû entrer... comment avez-vous fait? vous voyez... on vient vous chercher.

Elle fait un geste de la main vers les grilles. Tu te retournes. Le gardien se rapproche. Tu l'implores du regard : qu'elle t'aide à l'entrevoir, ne serait-ce que quelques secondes, qu'elle lui dise, au moins, que tu es venu. Mais son visage se ferme, se durcit.

Le gardien te saisit le bras. Il te fait avancer de force. Le chemin bouge de tous côtés. Tes jambes ne t'appartiennent plus. Les grilles t'arrivent dessus. Il te pousse sur la route.

Lorsque tu relèves les yeux, après t'être trempé la tête dans le ruisseau, tu la vois, debout là-bas, sur le seuil du premier pavillon. Elle continue à te regarder avec fixité. Comme si elle voulait inculquer à tout prix ton image dans sa mémoire. A nouveau, t'envahit une rage, impuissante. D'être à quelques mètres d'un bâtiment où est enfermé l'homme que tu aimes, et auquel on ne finirait pas de vouloir retirer depuis des jours et des jours un organe sain, un organc intact qui résiste, ne veut pas se décrocher.

Tu avances le long du grillage. A un endroit, il a été sectionné. Il y a longtemps sans doute, puisque les herbes hautes y sont enlacées. D'ici, malgré les arbres devant, tu vois presque toutes les fenêtres du premier pavillon. Un seul visage, écrasé contre une vitre : celui d'une femme, au crâne chauve. Tu regardes avec la plus grande concentration possible toutes les autres vitres, vides, et ce visage. Peut-être qu'une correspondance va naître; d'autres visages apparaîtront, viendront se coller à ces vitres. Le visage de Luis. Son front. Sa bouche. Ses yeux. Luis qui, malgré l'ombre qui descend, t'apercevra. Luis qui saura enfin que tu es là, à l'attendre.

31

Tu as beau être revenu en ville depuis plusieurs heures déjà, être assis sur ce banc au bout du quai, tu crois toujours être là-bas. A force d'avoir attendu, collé au grillage, tu es encore chaque battement des herbes, chaque secousse par le vent des branches de l'arbre, chaque éclatement de l'eau du ruisseau sur les pierres. Et dans ta main sont restés soudés les nerfs de cette main inconnue qui, après la tombée de la nuit, a frappé sur une vitre, à la briser presque. A peine l'as-tu entrevue quelques secondes, puisqu'elle a été aussitôt saisie, ramenée en arrière. Pourtant, depuis cet instant, tu as cessé d'être accablé, de te sentir impuissant. Tout ton sang à la fois vient cogner contre ces nerfs inscrits dans ta peau. Ils ne se relâcheront, ils ne se détacheront les uns des autres qu'au moment où Luis sortira. Pas dans une durée indéterminée, comme ils disent, pas dans quelques semaines — non; un jour bientôt dont tu pourras crier le nom. Qu'il n'ait pas le temps d'oublier, Luis, de sceller sa voix à la paroi de sa gorge. Il suffit de presque rien pour que pas même un murmure ne vienne sur les lèvres, pour qu'on s'absente à jamais, pour qu'on meure à soi.

Cette rumeur, près de toi : tous ceux qui désertent la jetée, refluent, compacts, le long des quais, puis remontent vers l'Esplanade, répartis en rangées successives. Ils se laissent entraîner comme tous les soirs, sans en être vraiment conscients, liés par ce rite auquel tu n'adhères plus, tu n'appartiendras plus jamais. Un rite infiniment subtil, lointain, inscrit dans leurs corps depuis des siècles, depuis l'origine de l'histoire de cette ville, et qui les mènera ensemble une fois de plus vers la grand-place, la statue de bronze de cet ancien conquérant, au nom oublié, qu'ils contourneront en un encerclement méthodique, les fera se disperser vers minuit, à la fin de l'Esplanade, au pied des hauts quartiers. La seule entorse à ce déroulement ordonné, c'est le passage de quelques voitures qui obligent la foule à s'écarter et à se bousculer (provoquant des protestations, des jurons que tu entends d'ici — c'est un affolement mimé, convenu, lui aussi). Lorsqu'elles arrivent sur les quais, tu aperçois leurs passagères. Ce sont le plus souvent de vieilles femmes, tout entières recouvertes de fichus noirs, dont les mains blanches et osseuses, crispées sur de petits bouquets de jasmins, à même le rebord des portières, se détachent de loin sur la nuit. Ultimes et dérisoires signes de coquetterie : un peu de rouge aux ongles, une barrette accrochée à leurs cheveux rares, plaqués à la peau du crâne.

Peut-être parviennent-ils encore à les voir, les voyageurs debout sur les ponts du navire qui s'éloigne. Étrangers déjà, assoupis par le vrombissement doux, continu des machines, ils tendent leurs bras vers la mer, comme pour accompagner les reflets de cette vie qui d'eux se détache.

Tu te lèves, avances parmi les amas de bâches et de cordes, le long des quais. Vides. Sombres. Une seule fenêtre éclairée aux immeubles en bordure. Un homme, debout sur un balcon, fume. Luis aussi se tenait debout sur un balcon, à la fin d'une journée qu'il avait passée avec sa mère. Sa mère, revenue en ville longtemps après l'avoir quittée. Cela, il te l'avait chuchoté très vite, il y a quelques mois à peine. Une journée pleine de fous rires, de pressions de mains, d'histoires excentriques, de récits fantasques de leurs vies, qu'ils se plaisaient à inventer à tout bout de champ pour s'éblouir l'un l'autre. Et puis, ils se sont arrêtés soudain, se disant : « Mais ce n'est pas vrai, tout ça... » S'avouant qu'il n'y avait rien eu que la souffrance de l'absence. Rien d'autre. Que ce qu'ils venaient de se raconter, c'était pour ne pas se dire que les années jusque-là avaient été vides. Ils étaient rentrés à la nuit. Sa mère s'était étendue sur le divan, avait murmuré, après avoir ri encore une fois, que la tête lui tournait un peu, qu'elle ne savait plus où son cœur était, tellement il avait été malmené par leur si longue promenade. Elle avait fermé les yeux. Il était allé sur le balcon. Voir le ciel d'été. Plus tard, dans la nuit, il est revenu dans la pièce. Il a regardé sa mère qui dormait. Il a voulu lui essuyer la sueur sur le front. Et en lui touchant le front, puis les yeux, puis les mains, puis le cœur, il s'est aperçu qu'elle était morte, sa mère. Restant là, près d'elle, sans bouger, silencieux, alors qu'il voulait hurler, oui, hurler à n'en plus pouvoir, derrière ses lèvres serrées. Peut-être que les cris de Luis bien plus tard, ça n'a été que des éclats, des fragments détachés de ce hurlement mort qui, noué, a fait souche, cette nuit-là, dans sa poitrine.

32

Dans la glace du café couverte de chiffres et de signes — la clarté rouge de la lampe installée au bout du comptoir, trop faible pour te permettre d'en déchiffrer aucun — elles ne se regardent jamais, les deux femmes qui peignent leurs lourdes chevelures. Elles restent obstinément penchées, comme retenues immobiles par la pression de leurs jupes sur leurs énormes fesses. Fermeture éclair éclatée : plaque d'une peau blanche à la hanche. L'une se redresse enfin, secouant ses cheveux très emmêlés encore, l'air ravi, étourdi et serein de sortir d'un bain. Tu dois l'appeler plusieurs fois de suite à voix haute pour qu'elle lève les yeux. Elle met un temps infini à te servir un whisky — gestes décomposés jusqu'au vertige.

Le claquement d'un piano qu'on ouvre, au fond du café. La grande bouche aux lèvres rouges de la chanteuse, le reste du visage restant dans l'ombre. Des spectateurs autour. Un groupe d'hommes renversés sur leurs chaises, le regard triste et sale des chiens bâtards de l'île. Ils tapotent leurs panses enflées, découvertes — échoués, par désœuvrement, dans ce quartier de la citadelle. Des adolescents. Une jeune fille, les pieds nus, ses sandalettes posées sur la chaise à côté.

Il a, depuis quelques minutes, commencé à te déchirer à ton insu cet air usé. Les sons s'enfoncent en sillons brûlants dans ta mémoire. Cette chanson prend pour toi le goût âpre d'une plage, un matin d'automne. Autour de pas qui dansent sur le sable, des traces de sang que le soleil efface. Un luxe mort. Tu te retournes pour y échapper. Tu lèves le verre, le fais tourner sous la lampe. Les reflets de l'alcool, tu les regardes bouger, s'évanouir, puis revenir un par un.

Des applaudissements. La fin de la chanson. Grincements des chaises. Les gros chiens s'assoupissent déjà de bière. Bave sur leurs gorges molles. La chanteuse s'approche du comptoir.

Lena! La joie te crève les poumons. Comme si, seul au milieu d'un pays étranger dont la langue te resterait incompréhensible, et où les gestes obéiraient à une logique insaisissable, tu retrouvais soudain quelqu'un d'aimé. Elle s'arrête, tant elle paraît surprise de te voir. Puis elle s'élance dans tes bras en riant :

— Tu savais que j'étais ici?...

— Non.

Elle se met à tourner un peu sur elle-même, Lena, si légère à nouveau. Mince et belle dans sa robe bleue. Disparue la moindre trace de la crispation de sa colère lasse, l'autre soir au théâtre. Après avoir repoussé en claquant des doigts l'appel qui vient du fond de la salle, réapparaît sur son sourire cette éternelle ironie, gaie et meurtrie à la fois :

— Tu vois, au lieu de jouer n'importe quoi, je chante n'importe quoi...

Elle se sert un autre verre. Et puis, très doucement :

— Et Luis?...

— J'ai essayé de le voir cet après-midi... mais je n'ai pas réussi.

— Ils ne t'ont pas laissé entrer?...

— Non.

Elle te met la main sur l'épaule :

— Il va revenir bientôt...

— Pourquoi me dis-tu ça?...

— Parce que je le connais... je suis sûre qu'il a encore assez de force aux tripes pour ne pas se laisser faire par eux...

Ce n'est pas lui qui, dans la nuit, a frappé contre la vitre. Si elle avait été secouée par son poing, elle se serait brisée. Il aurait sauté, il aurait couru dans les genêts et les lilas sauvages.

Elle frémit, Lena, en se laissant aller contre l'adolescent qui vient d'arriver derrière elle. Il noue ses mains sur son ventre, promène sa bouche dans ses cheveux. Puis il l'embrasse dans le cou, lui caresse les seins, les hanches. Elle, à voix basse :

— Il doit être épuisé de m'avoir écouté...

Elle se plaque davantage contre lui, ferme un peu les yeux, et très vite :

— Maintenant pour se détendre, il va aller au cercle... ou ailleurs... c'est pas ça, non?... (au coin de ses lèvres, un pli d'anxiété et de tristesse).

— Oui, c'est ça, elle devine toujours tout...

Il éclate de rire. Un rire qui la fait bouger tout entière, Lena. Il la prend par les épaules. Puis il se retourne, effleure ses lèvres, s'élance dans la rue. Elle se passe lentement les mains le long des hanches. Tu lui murmures que, pas avant l'aube, vous ne vous quitterez.

Pas mal de verres déjà, vous avez bu. Le café est presque vide.

— Tu as entendu ma voix rauque?...

Plusieurs fois elle a creusé sa voix avec le plus d'énergie possible, tête renversée, veines à la gorge tendues, comme si elle voulait la rejeter, sa voix.

— Oui, je l'ai entendue tout à l'heure, ta voix... moi, je la trouve très belle...

Elle incline la tête, l'appuie sur ton épaule. Puis elle se met à te raconter sa dernière nuit. Elle a rencontré dans une boîte, le

Regent's, un colosse noir, qui l'a portée dans ses bras jusque sur la plage. Il lui a juré son amour en bafouillant, en lui léchant les genoux, pendant des heures. Ils ont pris le train au petit matin pour aller voir la seule rivière pleine d'eau encore au pied de la montagne. Ils ont avancé sur les galets en se tenant par la main, jusqu'à ce que le courant lui arrive au ventre. Elle s'est laissée porter à nouveau, il l'a renversée dans les roseaux — « Enfin, c'est à peu près ça... »

Qu'importe. Elle semble heureuse de t'avoir parlé ainsi. Vous restez immobiles, à regarder la rue. Des hommes continuent à descendre vers les quais. Quand passe une voiture, ils sont obligés de se coller aux murs, tant la chaussée est étroite. Dans le café, plus rien que le pas traînard de la serveuse. Chaque fois qu'elle arrive devant une table recouverte de verres vides, elle bâille, s'enfonce la main dans ses cheveux. Toujours emmêlés.

33

Ce visage lumineux dans la nuit — David, au volant d'une Porsche. La silhouette très droite à côté : Robert Teryl sans doute. Tu vas les appeler. Ils s'arrêteront. Mais déjà Lena t'a posé la main sur la bouche. Tu sens ses doigts trembler du cri qui te bat encore dans la gorge.

Sa main revient sur le comptoir.

— Ils ne t'auraient pas entendu... bah... ça n'a pas d'importance... qu'est-ce que tu leur aurais raconté?...

— Rien...

C'est vrai : rien.

Elle te regarde droit dans les yeux. Son regard entre profondément en toi, t'ébranle, comme s'il devinait les dernières fibres de chair qui te retiennent encore à la ville. Les dernières fibres d'un attachement magique et vain.

— Tu les as vus, dernièrement?...

— Oui, j'ai passé une soirée avec eux...

— Robert Teryl t'a parlé de Luis?...

— Il m'a dit qu'il l'avait gardé jusqu'au bout... qu'il avait fait le maximum...

Elle baisse la tête. Une vigoureuse expression de doute s'ancre sur son visage, qui suffit pour les déchirer, ces dernières fibres :

— Il n'a rien fait pour Luis, c'est ça?...

— Non, il s'en est même débarrassé... s'ils l'ont renvoyé, c'est pour d'autres raisons que celles que tu imagines.

— Quelles raisons?

Souffle usé. Elle sait, Lena, que tu as besoin très vite de la vérité, comme d'une nouvelle respiration.

— Il n'y a pas longtemps, j'ai revu un ami qui travaillait avec Luis, à l'imprimerie... il doit être le seul à savoir pourquoi on l'a renvoyé vraiment... il m'a raconté autre chose que ce qu'ils ont bien voulu te dire, sans doute...

— Quoi?

— Tu te souviens du jour de l'incendie à l'imprimerie en avril? Robert Teryl n'y était pas... on lui a téléphoné à la villa... personne... tout le monde a cru qu'il était dans son jardin ou en train de se balader aux environs... mon copain et Luis sont partis pour le prévenir... ils sont entrés dans la villa... ils ont appelé... rien... ils sont montés au premier étage... ils ont ouvert la porte d'une chambre... ils sont enfin tombés sur lui... tu sais comment ils l'ont trouvé?... attaché sur une chaise avec des cordes... sur le coup il n'a rien osé faire, le Robert... mais ensuite, il a pris le premier prétexte pour renvoyer Luis... pour mon copain, c'était beaucoup plus difficile... c'est un vieux syndicaliste, ça aurait fait une émeute... tu vois, ce n'est pas la peine de laisser accabler Luis par personne, de t'accabler toi-même!... bon, allez... assez parlé d'eux maintenant... je vais me changer et on s'en va...

Elle t'embrasse, puis s'éloigne, disparaît derrière le rideau de cuir tressé, au fond du bar.

« Absences répétées », qu'ils disaient. Motif essentiel du renvoi. Et aussi, rapportée par d'autres, prouvée, attestée : son insolence. Paroles incontrôlées. Abus. Vraiment : excès. Dépasse toutes les limites permises. « Luis, ça ne peut plus durer comme ça, ça ne peut plus durer... » : ils avaient dit. Absences, insolences, silences : trop. Vraiment trop. A en faire déborder la si belle et si généreuse coupe de tolérance de l'imprimerie Robert Teryl and Co. Tu étais allé les voir alors. Le contremaître, le sous-directeur. Pour savoir. Leur demander un délai. Les implorer presque. Ta panique : s'il perd son travail, c'est la fin. Oui, la fin. Leurs sourires. Qu'il se repose d'abord. Un temps d'oubli est nécessaire : « Pour qu'il nous revienne avec un regard clair, net. Voyez : juste comme les vitres de l'imprimerie. Éclatantes, non? Aucun grain de sable ne s'y accroche jamais. Juré. Vous ne le croyez pas?... non?... Vous pouvez aller vérifier, si vous voulez. Touchez, touchez, ça glisse, étincelle sous les doigts, c'est si doux, radieux, une vitre propre. Vous voyez?... vous comprendrez naturellement qu'on ne peut pas garder quelqu'un qui ne sait plus ce qu'il fait. On ne vous apprend rien d'ailleurs, non? Quelqu'un qui ne sait plus aligner deux phrases sans hésiter, sans balbutier. Quelqu'un qui finit par ne plus rien dire du tout, qui ne peut même plus tenir un stylo dans sa main, qui reste hébété devant ses papiers des heures, oui, des heures durant. Vous entendez? Un mort, qu'on croyait avoir à côté de nous. Un mort, je vous assure. Ça réussit à démoraliser tout le monde, un mort. Pour ça, il était fort. Enfin... sans jeu de mots. Parce que vous savez, parfois on pouvait lui donner un simple coup à l'épaule, il serait tombé. On ne voudrait pas vous faire de peine... mais... »

Surtout ne pleure pas, surtout ne baisse pas la tête : tu essayais de t'en persuader. Tu te le hurlais en silence. Les veines, aux poignets que tu cachais sous la table, elles manquaient éclater, de cette tension. Tu avais même tenté de leur répliquer. Tu voulais le défendre, Luis. Leur parler de Luis. Leur dire qui il était. Mais tes questions chaque fois : suffoquées d'avance. Si accablante aussi la chaleur, ce jour-là. Bien sûr, ils s'en étaient aperçus, du moindre tressaillement de ta faiblesse. Vainqueurs, ils l'étaient d'avance. Ils en avaient même profité, de te voir écrasé, pour te donner des conseils : « Attention, vous courez un danger... vous prenez un peu trop de risques quand même... car ce genre de type, comme Luis, vous savez, c'est comme une statue de lave, muette, qui s'enfonce dans son cratère, son enfer ouvert par elle-même, gare si vous approchez trop de ses rebords brûlants, gare si vous tendez la main trop avant. Car vous serez entraîné, enlisé à votre tour. Cette lave puant son renfermé, elle vous engluera. Pas d'illusion. Plus possible de vous en dépêtrer. Elle vous étouffera. Vous ne saurez plus où vous en êtes, vous ne saurez plus qui vous êtes. Voyez.. vous tremblez déjà... vous allez finir comme lui, si ça continue... » Ils devaient être persuadés — leur air si satisfait alors — qu'ils t'avaient convaincu. Ils attendaient simplement que tu finisses par vomir de fatigue, à ton tour, contaminé.

A la naissance de ce tremblement revenu, à cause d'eux, c'est la main de Lena qui vient se poser et l'apaise aussitôt. Ces veines-là, au poignet, ne seront plus tendues de crainte, ne risqueront plus d'éclater de tant se soumettre à leurs menaces. Non, c'est une colère claire, tranquille, qui y coule désormais.

34

Obscurité de ciel d'orage. Les éclairs illuminent la mer au fond, découvrent les filets d'eau sur les parois, les marches interminables de cet escalier où traînent fruits, insectes écrasés. Sur la rampe, Lena laisse glisser son sac. Elle le retient du bout des doigts. Il paraît sans cesse devoir lui échapper, rouler jusqu'aux quais. Les rafales du vent, aussi chaud qu'en plein jour, soulèvent sa robe, découvrent ses jambes si minces, presque maigres. Soudain, elle a une exclamation; elle s'arrête, puis se retourne. Son collier lui pend à moitié sur les seins : « Tu me le rattaches? » Tu t'approches. Elle se tient droite, immobile, face à la mer. Tu es obligé de tordre un peu les griffes de métal.

Lorsque tu les raccroches l'une à l'autre, ton doigt appuie sur cet endroit de la nuque où les premiers cheveux naissent. Sans doute le point de sa peau où jaillit pour elle la plus intense et immédiate jouissance. Ses mains descendent le long de son corps, se collent sur ses cuisses, pour ne permettre à aucun frisson, en elle, de se perdre. Tous ces frissons qui affluent dans son corps et viennent se rassembler, se nouer là, sous ton doigt, assez durs ensemble pour lui faire pencher d'eux-mêmes la tête en avant. Le point de départ d'une immense ramification que tu sens flamboyer jusque dans la moindre de ses nervures de chair, puis s'estomper en vagues régulières, avant de s'interrompre d'un coup. Elle ne bouge pas. Puis elle recommence à balancer son sac. Elle se met à avancer, si légère, de marche en marche : on dirait qu'elle court, presque.

35

Ton corps s'engourdit à rester assis au bout du banc, parmi toutes les filles le long des murs de la grande salle sombre, hébétées à cette heure de la nuit, pareilles à des mortes avec leurs bras croisés sur leurs ventres, leurs yeux aux paupières lourdes, presque bouffies, comme sont boursouflées leurs lèvres, largement ouvertes, sans un frémissement. Tes lèvres aussi s'immobilisent dans cette moiteur, à mesure que tarde le retour de Lena, partie à l'autre bout du bordel. Elles tiennent leurs jambes écartées, sauf sur le banc du fond où, à cause de leur trop grand nombre, elles sont obligées de les croiser — leurs jupes courtes tendues à mi-cuisses. Rien que des ombres de chair prêtes à s'écarteler, se défaire, bouche et vagin ensemble, au moindre claquement de doigts d'un de ces hommes au bar, dont vous parviennent des éclats de voix, de verres. Ce sont elles peut-être que tu as souvent vues arriver l'après-midi, dans les chemins de l'autre côté de la citadelle. Elles descendent, foulards sur la tête, de leurs petites voitures, dans la chaleur encore vive, appelant ceux qui, blancs de poussière d'être restés appuyés aux murs de la citadelle depuis plusieurs heures déjà, s'élancent, les choisissent très vite, et les entraînent parmi les pierrailles et les rares buissons. Oui, à force de demeurer là, à côté d'elles, de te laisser entêter par leur odeur — vieille fièvre, parfum âcre, sueur — tu deviens leurs jambes écartées, leurs paupières, leurs bouches inertes, le grain épais de leur peau.

— Je t'ai fait attendre... allez, viens boire un verre.

Lena te prend le bras, te conduit vers le bar. Sur une banquette, assez nettement éclairée par la lampe au-dessus, un homme tient sur ses genoux la tête d'une femme. Il lui effleure du bout des doigts le front, les joues, le cou, puis il lui saisit la tête entre les deux mains, crie presque :

— Tu vas en prendre plein la gueule, ma petite...

Ils rient, les trois ou quatre hommes accoudés au bar.

« Voilà Rachel... » Elle te serre la main. Avec son visage émacié, son regard dur, ses cheveux soigneusement tirés en arrière, sa simple robe noire : un air de maîtrise glacée, d'indifférence. Mais son sourire aussitôt fait rayonner, en elle, la bonté. Elle remplit vos verres. Dès que tu en as avalé quelques gorgées, tu sens la roue brûlante de l'alcool qui roule, en l'écrasant doucement, ta chair entière. Il faut boire, boire encore, pour qu'elle ne s'enlise pas, la roue, pour que ça ne se transforme pas en torpeur, car déjà tu n'entends que leurs chuchotements, à elles, qui bavardent derrière le comptoir ; et les voix tamisées des hommes.

Tu regardes la gravure sur le mur, en face. C'est plutôt une photographie encadrée. Une plage blanche. De l'île sans doute, car un tel éclat du sable ne se trouve que là-bas. Un groupe de femmes assises, en maillots. Difficile de distinguer tous les visages. Certains sont à moitié effacés par l'ombre des arbres. Elles s'apprêtent à pique-niquer. Rachel, debout au centre — alors plus jeune, plus mince encore — déplie une nappe rouge.

Cette ombre, à droite de la photo : une partie du bateau qui s'approche lentement, s'évertuant à ne pas troubler le calme de l'île, à ne pas bouleverser le rayonnement uni de la mer. Les quelques rires des passagers sur les ponts n'éclatent pas vraiment vers le ciel. Ils étaient étouffés par les branches des eucalyptus, ramenés par elles pour aller glisser sur le sable, au bord de l'eau; ces rires et ces voix s'écoulaient près de vous deux.

Vous vous étiez arrêtés à quelques mètres du débarcadère pour voir arriver le bateau, près d'un groupe de baigneuses assises comme sur la photo mais, ce jour-là, elles ne pique-niquaient pas. Elles venaient de se baigner et bavardaient en regardant la mer. De l'eau encore s'égouttait sur leurs épaules. Les adolescents de l'île couraient entre les troncs des arbres, torses dorés, cheveux frisés collés par le sel. Tellement souples qu'ils semblaient danser et s'embrouiller exprès, se chercher eux-mêmes avec leurs bras.

Luis t'avait dit : « Embrasse-moi. » Il y avait eu deux ou trois secondes, sans rien. De ce vide, tu te souviens à présent. Luis s'était déjà éloigné, courant le long de la mer, courant de plus en plus vite, jusqu'à ce qu'il disparaisse au fond de la plage. Toi, restant incrédule sur le sable, contenant à peine ta rage, puis t'élançant dans l'eau pour assouvir ta colère. Tu souhaitais alors qu'il meure, Luis, pas possible, non, pas possible de supporter davantage ses revirements, ses départs imprévisibles, ses fuites inexplicables, pas possible de continuer comme ça, c'est fini, il ne va pas t'user, te détruire, d'être enchaîné à ses moindres humeurs, à ses moindres caprices, il est malade, ce type, il est malade, qu'il crève, qu'il bascule dans un sable mouvant, là-bas où c'est interdit d'aller, au bout de l'île, et s'il crie, personne ne l'entendra, non, personne.

Ces deux ou trois secondes : tu es face à elles, maintenant. C'est juste le temps d'une négligence, d'un égoïsme. D'un regard, ailleurs. Juste le temps de la précaution. Alors que sa vie, à Luis, t'était sans cesse ouverte. Offerte. Dans sa course le long de la mer, ce jour-là, il n'y avait pas la moindre âpreté, le moindre entêtement vengeur. Non — rien que le désespoir. De voir ton amour cerné d'hésitation. Incapable de se suffire. Un amour qui a peur de s'engager jusqu'au bout, de se perdre en lui-même jusqu'à s'oublier. Un amour qui demeure au bord de lui-même. Un amour qui garde toujours au fond quelque chose à se raccrocher, au cas où. Au cas où. Toujours quelque autre croyance, un misérable secret réparateur rivé au cœur, une solution de rechange à quoi se retenir, si ça n'allait plus, si vous vous éloigniez l'un de l'autre, si vous vous quittiez. Une énergie de côté bien dissimulée, où aller puiser, pour continuer à vivre, une fois seul. Une illusion de réserve, à quoi s'agripper.

Alors que lui avait tout largué. Tout largué, oui, pour satisfaire à sa terrible exigence, sa terrible rigueur : sa volonté d'aimer. Son désir d'aimer. Rien d'autre, dans une vie. Lui seul en avait vu le néant, de cette vie, si on n'appareille pas son corps, loin de toute rive, pour qu'il y flamboie d'amour. Et ils ont dit — tu as dit à ton tour — qu'il manquait du minimum de lucidité, qu'il ne savait rien, qu'à force de tâtonner, aveugle, dans sa solitude, il se creusait lui-même son propre néant, de ses mains affolées d'homme — non, même pas : d'enfant — incapable de devenir adulte, de s'adapter, de travailler. Qu'en se laissant aller ainsi, ce n'était pas étonnant de l'avoir vu dériver, puis sombrer. Qu'il fallait bien s'attendre à ce qu'on vienne un jour le chercher, pour l'emmener.

Si cet alcool qui se répand en toi pouvait finir de tout ravager. Te faire le corps vide. Une fois, au moins. Pour qu'y revienne battre cet instant du premier, sur les quais, où vous vous étiez empoigné les cheveux, approchant vos lèvres en tremblant, à en suffoquer presque. Tout ressaisir à partir de cet instant. Recommencer.

— Mais non, tu n'y arriveras pas, tu ne sais pas..., lui, il sait...

C'est Lena qui s'approche, se retourne. Les griffes de son collier menacent à nouveau de se détacher. Cette fois encore, au moment où tu poses ton doigt au milieu de la nuque, son corps est noyé de frissons. Ses mains viennent se plaquer sur ses hanches. Elle ferme les yeux et puis, rapidement :

— Bon, maintenant, on s'en va...

Rachel lui redresse la mèche sur le front, l'embrasse, glisse dans son sac une fiole de whisky. Elle te serre la main, longuement :

— Vous pouvez revenir quand vous voulez...

Elle retourne derrière le comptoir, allume des bâtonnets d'encens. Là-bas sur la banquette, l'homme ronfle, la tête appuyée de biais contre le mur, le pantalon sur les chevilles. La femme, allongée sur le banc, à demi nue, a les lèvres collées à l'une des cuisses blanches.

Lorsque vous repassez dans la grande salle, les fenêtres sont désormais visibles grâce aux premières traces de l'aube. Elles sont assez hautes, étroites. Presque des lucarnes. Sur les bancs, elles dorment. Des masses de chair que les reflets inégaux déforment, boursouflent, écharpent. Leurs jambes ramenées, inertes et recroquevillées, se rencontrent parfois, se serrent en des étreintes imparfaites. A cause de cet abandon de leur peau, de ces sortes de convulsions figées de leurs membres que modèle la lumière, de cette odeur suffocante d'avoir stagné, là, toute une nuit, et pareille à l'émanation d'un sang lourd, on dirait de grands morceaux de viande, rivés au mur, entassés dans cette salle, et en train d'y pourrir, oubliés, comme dans la cale d'un navire à quai depuis plusieurs jours déjà.

36

Elle est devenue blanche, la robe de Lena, à force de glisser le long des murs de la ville. La robe d'une mariée de quatre sous, aux impressions incertaines. C'est une mariée un peu ivre, avant même que ne débute la cérémonie, qui t'entraîne, te fait monter les marches de l'église, adossée au flanc rocheux de la colline. Grandes portes de bois si légères, elles s'ouvrent d'un coup. Un mariage sur fond de trompettes, aux bouches des angelots là-haut. Un fouillis, ces têtes d'angelots, les unes sur les autres, sans corps — ils n'en sont pas affectés outre mesure de leur décapitation, ils en rient même, avec leurs joues gonflées, pétant de santé. De tous ces bouquets de têtes lancés dans le ciel bleu pâle par une main invisible, tu voudrais en attraper un, pour l'offrir à Lena. Mais c'est un ciel qui flotte, recule sans arrêt, on ne peut pas compter dessus, une toile que la moindre brise risque de décrocher et d'emporter. Tu peux toujours courir pour le cueillir, ce bouquet, tu n'y arriveras pas.

Ça lui aurait fait plaisir pourtant à Lena. Qui n'avance plus, éblouie par les éclats du jour. Un jour découpé, biseauté, enchâssé, orfévrisé, fleurdelisé par les vitraux. Un amour de jour dans l'église. Cette lumière, elle va surtout sur les vierges aux chevelures amples, qui s'écoulent sur leurs épaules nues. Elles ont de simples robes de bure, des visages blêmes, des yeux creusés, au regard à la fois résigné et halluciné. Elles semblent attendre à l'aube leur condamnation. Tu caresses le visage de l'une d'elles pour voir s'il n'y aurait pas la trace de quelque défaillance à la dernière minute. Une larme par exemple, ou une sueur froide — non, même pas.

Lena avance à nouveau en secouant la poussière de sa robe. Mais celle-ci ne disparaît que par endroits. Elle renverse la tête en arrière pour boire ce qui reste dans la fiole — plus grand-chose. Puis, d'une main, elle essaie de saisir la soie à l'intérieur des grottes. Sans doute faites pour que personne ne les atteigne. Colombiers de luxe pour des reines hiératiques, et très haut perchées, qui attendent qu'on s'y ensanglante les mains afin d'aller les dénicher, et leur enlever leurs draperies, les laisser tomber sur les iguanes. Ils ont tellement d'incrustations à leurs gorges, eux, qu'ils en étouffent et vomissent sang et or sur leurs pieds si délicats.

Un geste trop brusque : la fiole tombe sur les dalles, roule, mais ne se brise pas. Lena vacille, se retrouve dans tes bras, s'y blottit. Elle est aussi pâle soudain que le soir du théâtre. Ça te bouleverse, de la revoir balancer un peu la tête, à droite, à gauche, comme à ce moment-là, se laisser emporter par une douleur qu'elle n'arrive plus à tenir enfouie au fond de son corps. Puis cette oscillation diminue, s'arrête. Et, d'une voix éraillée et lasse :

— J'en ai assez d'être seule... assez... je voudrais rencontrer quelqu'un avec qui ça marche... avoir au moins quelques mois de répit... pour respirer un peu... une année tranquille... à force d'être seule, je ne sais plus où j'en suis... tout ce qu'on voudrait dire, on se le dit, et puis même on en rajoute... ça n'en finit jamais... tu vois, je ne sais même plus si j'ai encore envie de jouer... si je ne ferais pas mieux de rester dans cette église, jusqu'à ce que les vieilles arrivent, pour passer la journée avec elles, à en puer l'eau bénite et le cierge brûlé...

— Tu n'es pas seule... on est là.

Tu la serres tout contre toi. Elle se laisse aller, ne dit plus rien.

Des frissons parcourent encore sa nuque parfois. Les ultimes rappels de sa solitude, avant que l'oubli les arrête, les recouvre. Le jour s'étend dans l'allée, il coule autour de vous.

Elle lève le bras, soudain, s'écrie : « Tu as vu là? » C'est un Christ immense, frappé par la lumière, ployant sous une croix, et gravissant la pente d'une colline parmi les champs de boutons d'or. Les mains tendues en avant, il titube, veille à ne pas trop les écraser.

Elle s'élance dans l'allée. Arrivée au bout, elle se retourne. Elle se penche très loin en avant, courbe l'épaule droite. Elle se creuse tellement, cette épaule, qu'elle arriverait presque à toucher les dalles. Elle revient à pas lents. Elle a de grosses gouttes de sueur sur le front. Elle est vraiment ainsi le Christ qui flotte, aveugle, et vient s'abattre en riant dans tes bras.

37

Elle s'assoit sous les arbres, sur l'unique banc de la petite place, face à l'église — dernier espace découvert avant le fouillis des rues qui descendent vers le port. Elle enlève ses chaussures, les rejette loin dans la poussière. Elle t'appelle. Dès que tu la rejoins, elle appuie la tête sur ton épaule, t'agrippe le bras de sa main droite, se recroqueville un peu comme une enfant. Tu regardes longtemps ses yeux fermés, bordés de cernes noirs. Tu lui essuies les traces de sueur sur le front. Cette complicité silencieuse entre vous : un amour presque.

Là-bas, sur la mer, quelques barques, avec des silhouettes debout, immobiles, derrière les voiles. Mais elles n'ont pas l'élan d'un départ pour la pêche. Elles avancent très lentement, à quelques dizaines de mètres l'une de l'autre, dans un tel silence, avec tant de discrétion, que ces silhouettes semblent plutôt être celles de survivants d'un peuple en fuite, à mi-chemin encore entre splendeur et déchéance, ombre et lumière.

Aveuglé par le jour qui troue partout le ciel à la fois, et s'étale très vite sur la mer entière, tu ne t'étais pas aperçu que quelqu'un s'approchait. Une jeune femme. Son jean est dégrafé. Ses seins très lourds, nus sous le tee-shirt. Sortie du bar pas encore fermé au coin de la place? ou d'une maison proche? Elle vient s'asseoir à côté de toi. Elle tient dans une main un petit paquet enveloppé dans du papier journal. Elle le pose sur sa jambe. L'élastique est sur le point de se détacher déjà, mais elle met beaucoup de temps à cause de gestes trop saccadés et désordonnés, pour l'enlever, puis se débarrasser du papier, ouvrir la boîte de fer. Dedans, une seringue. Déjà prête. Elle essaie d'amener l'aiguille sur son bras — les yeux à moitié fermés, paupières figées par la trop vive tension — de l'enfoncer dans sa veine, mais l'aiguille glisse, fait des entrechats. Elle t'est insupportable, cette recherche aveugle. Tu lui prends la seringue, dans sa main qui s'ouvre spontanément. Elle attendait ton aide. Tu cherches dans le sac de Lena — elle ne bouge pas, s'est endormie — quelque chose pour lui faire un garrot. Tu prends un foulard, l'attaches à son bras. Tu voudrais y trouver un endroit lisse, sur ce bras, pour la piqûre, mais la veine s'efface tellement dans la peau crevassée, comme brûlée partout, qu'il te faut longtemps aussi pour réussir à planter l'aiguille. Elle renverse aussitôt la tête en arrière. Ses cheveux s'étalent. Elle serre très fort les lèvres. Elle ne veut rien en perdre, de tout ce bonheur qui s'engouffre dans son corps. Elle respire largement. Les traits de son visage se détendent enfin. Son bras se laisse aller.

Elle ouvre grand les yeux. Oui, déjà, elle doit voir la moindre variation de la lumière qui ondoie, le moindre cristal du sable, le moindre grain de la terre. Entailles infinies de la peau qui éclatent et s'ouvrent aux découpes infinies du monde. Les mêmes. Écheveau déplié des nerfs où vient se rouler sa vie, trempée d'oubli, avant de s'enfoncer dans les plus secrètes artères de la matière. Oui, la vie royale du sang qu'elle se donne elle-même. La vie souveraine qui se sacre d'une respiration inépuisable.

Vous aussi, vous couriez à l'intérieur de vos corps, mains nouées, ravinés de plaisir, vers ce cœur unique que la piqûre créait. De cette piqûre que vous vous faisiez, en vous penchant l'un sur l'autre, tu te souviens — heureux toujours car vous saviez qu'au long de la nuit libre, vous ne vous quitteriez pas. Et puis, il y a eu celles que tu as seulement désirées, et que vous n'avez jamais faites; celles des autres, auxquelles tu n'as cessé de penser : celle que l'on fait dans les chambres d'hôtels tièdes, fenêtres ouvertes, des villes encore inconnues où l'on vient d'arriver, celle que l'on fait sur les quais derrière les bâches, ou sur les plages de l'île, en compagnie des vieillards allongés sur leurs lits d'algues sèches, ou dans la mer, quand elle vous entre par tous les pores, mais aussi : les brutales, celles qu'on bâcle sous un porche, au fond d'une ruelle, dans un square ou un terrain vague, ou sur le lavabo d'une cuisine, avec les carreaux qui glissent, le plastique de la table où on a du mal à se retenir, celle que l'on fait seul, très vite, pour ne plus en entendre parler de ce moment d'avant où on était seul, celle que l'on fait, replié sur la rampe d'un balcon, avec l'impression qu'on risque de basculer en bas avant de l'avoir terminée, celle que l'on rate, celle que l'on fait dans les buissons de la citadelle, à la clarté d'un briquet ou d'allumettes que les mains, tremblant de hâte, n'arrivent pas à tenir ensemble, mais on est déjà séparés, on disparaît chacun de son côté dans l'ombre, et celle que l'on fait, la dernière, la plus appliquée, la plus profonde, juste avant que le jour n'arrive.

Est-ce la fatigue de la nuit, ou l'alcool qui te creuse l'esprit, le rend poreux à ce point, ou est-ce parce qu'elle est si près de toi que tu ressens dans ton corps chacun de ses souffles apaisés, chacune de ses détentes, chacun de ses abandons, t'amenant à participer à sa perception aiguisée, tu es sensible au moindre éclat de couleur, au moindre bruit dans le matin qui se lève : le froissement d'ailes des oiseaux qui reviennent sur les toits, les appels sur les remparts, les chocs des planches des camions sur la route de la plaine.

Tu les entends aussi, ces cris qui semblent venir de l'îlot de la prison, près du rivage, les cris de ceux qui n'ont même plus l'espoir peut-être de se jeter ce matin du haut des couloirs, depuis qu'on a tendu des filets d'étage en étage; les cris de ceux qui, dans leurs cellules, se sont taillé les poignets, mais à demi, ils s'écroulent, n'ayant pas assez d'énergie pour les ouvrir davantage; ceux qui crient après les vagues pour qu'elles viennent desceller les blocs de pierre; ceux qui crient déjà de l'ivresse de s'y enfoncer, dans ces vagues, de glisser et de se perdre dans leur lumière, aucune chance de les retrouver, tellement elles éblouiront leurs gardes désorientés; et aussi : les cris de la femme qui se tord d'avance d'épuisement dans son lit; les cris des enfants qui dans leur sommeil se mordent déjà les lèvres de tristesse avant le jour où ils seront battus; les cris qui n'oseront pas éclater tout à l'heure au fond des carènes, des entrepôts, des chantiers.

Et puis les cris de tous ceux qui sont morts, le jour du grand incendie, et dont l'intensité est restée intacte depuis ce moment où les navires de secours avaient fait semblant d'accoster, puis s'étaient éloignés pour ne pas prendre trop de risques, les laissant encerclés par les flammes. Ils se relèveront bientôt, tous — ces cris tendus, élevés jusqu'au ciel étant leur seule respiration possible, le seul moyen pour eux de se tenir debout ensemble, d'avancer dans la forêt nouvelle, en s'accrochant aux rochers, aux fleurs, de rejeter les dernières cendres de leur mémoire.

Et le cri de Luis, oui, le cri de Luis qui se joint à ces cris, mais pour les dominer tous. Luis qui soudain ne sait pas pourquoi il est là-bas, Luis qui ne veut pas rester prisonnier, un instant de plus, Luis qui n'a que ce cri pour secouer ce si long sommeil où ils veulent l'ensevelir et briser cette torpeur dont ils lui ont enserré le cerveau, Luis qui voudrait enfin remuer librement ses bras, ses jambes, courir jusqu'à la mer, Luis qui appelle, qui t'appelle, Luis qui a besoin d'une main pour recueillir sur ses lèvres ce cri, pour se persuader qu'il n'est pas seul, oui, complètement seul au monde, sinon il ne l'arrêtera plus jamais, son cri, il ne disparaîtra qu'avec lui.

Et tous ces cris réunis viennent déchirer quelque chose en toi, libèrent ta colère contre cette cité tout entière qui achève de se dégager de l'ombre, avec les loques de ses rêves qui se traînent et s'anéantissent au long des murs déjà brûlants, cette cité dont ils vont bientôt envahir les galeries, les couloirs, les bureaux, les passerelles, abrutis encore de sommeil, officiants zélés, attentifs, du jour, respectueux de ce seul espace du devoir à accomplir, ce monde simple où iront s'abattre et se perdre tant de gestes, d'ordres satisfaits, vains ; et prêts, dès qu'ils ouvriront les yeux, à écraser de leur mépris tous les déshérités, les oisifs, les malheureux, les paumés, qu'ils disent. Cette cité qui a condamné Luis pour l'éliminer, comme elle a voulu faire disparaître tant d'autres, exilés au bout de la plaine, ou enfouis au fond de ces bâtiments de maçonnerie et d'acier que la lumière fait étinceler. Mais, un jour, tous les paumés enseveliront la ville sous la masse des nuits rassemblées où ils n'ont pas dormi, eux ; et si ça ne suffit pas, ils la noieront sous les fleuves des crachats et des insultes qu'on leur a jetés. Les membres déchirés des protecteurs de l'ordre iront se planter d'eux-mêmes sur les arêtes des poutrelles nues, leurs souffles ramper sur les pans du ciel abattu.

38

Du bout des doigts, Lena touche la peau de son visage, légèrement enflée. Puis elle redresse sa mèche :

— J'ai dormi longtemps?...

— Une heure peut-être, je ne sais pas...

Pendant son sommeil, le collier a fini par se détacher. Il a glissé sur ses genoux. Elle incline la tête. Tu le lui accroches. Tous les frissons ramassés lui cognent sur le cœur, puis s'évanouissent. Tu la prends par le bras. Et, en te levant :

— Lena... Luis doit sortir très vite, maintenant... j'ai cru tout à l'heure qu'il m'appelait, il s'est mis à hurler...

Elle secoue la tête. Elle te dit :

— Oui.

Elle fait corps désormais avec votre vie.

— J'irai, si tu veux, dès que je le pourrai... moi, ils me laisseront passer.

— Il faut qu'il arrive aux grilles... je l'attendrai... et s'ils lui ont enlevé déjà trop de forces... s'il ne peut pas... j'irai le chercher dans sa chambre... je le porterai.

Ta vigueur entière revient. Elle se répand à toute allure dans tes membres. Un sang neuf dans tes veines pour t'élancer dans un monde illimité.

— On ne reviendra pas dans cette ville pourrie... on partira ailleurs...

— Mais où, Pierre?...

— Sur l'île peut-être, là où c'est brûlé...

Il t'enveloppe, le souffle du vent qui secoue les branches des forêts de l'île — noires là-bas sur la mer pleine de soleil.

— J'irai après-demain, je te le promets...

Cette promesse, tu le sais : sacrée. Son visage devient grave, comme l'autre soir, au milieu de la scène, face à face avec l'homme :

— Oui, tu as raison... on ne va pas attendre qu'il revienne... on va le sortir nous-mêmes de là-bas...

Tu la fais tourner autour de la place, Lena, en la tenant du bout des doigts, tourner à en avoir la tête brûlée d'aspirer si vite dans le ciel l'odeur des vagues, et des blocs descellés, et de l'île entière éveillée, tourner jusqu'à ce que vous frôliez la jeune fille debout face aux escaliers, son bras maintenant lisse, levé vers le soleil.

39

Elle rit, de creuser à nouveau sa voix, en donnant l'adresse au chauffeur de taxi. Il ne la comprend pas, la lui redemande plusieurs fois de suite :

— Elle n'est même plus rauque du tout, ma voix, t'entends ça?

Elle la voudrait défaite, sa voix, méconnaissable, mais elle resplendit au contraire de tous les éclats du rire, qui à nouveau l'entraîne.

Elle te prend la tête entre ses mains, te caresse le front et les lèvres de sa bouche sèche. Tu lui embrasses les yeux. Quand elle se renverse en arrière sur le siège, et qu'elle étend les bras de chaque côté, sa mèche glisse sur son visage. La poussière sur sa robe : de grandes taches grisâtres. Tu refermes la portière. Le taxi démarre. Elle se retourne, agite la main. Longtemps encore, jusqu'à ce que la voiture tourne à l'angle du dernier immeuble du bord de mer, tu vois sa main danser parmi les traînées de sel sur la vitre.

Tu ne sais où aller pour vivre le plus vite possible cette attente. Courir n'importe où, dans le soleil peut-être, emporté par le tourbillon du sang qui voltige dans la tête. On ne respire plus qu'un air d'oubli, on ne sait même pas si on respire, tout le ciel avalé claque dans la gorge et les poumons. Mais l'espace apparaît si limité autour. La plage, en face, avec ses barques renversées, n'ouvre que sur une mer à la couleur éteinte, une mer comme morte sous le soleil. De l'autre côté, la masse de la ville occupe l'horizon — monotonie de ses murs blancs, de ses terrasses, de ses dômes, de ses rues où déjà avance un peuple morne. Impossible de s'y élancer, pour s'y perdre.

Mais peut-être est-elle, elle, un obstacle plus facile à imaginer anéanti, peut-être pourrait-elle déjà s'effacer, si ses lois brûlaient sur ses places. Un brasier à peine visible tant il s'élèverait dans le jour, pareil à un lambeau de brume. Et puis seulement des cendres que le vent emporterait, mais sans qu'elles atteignent le rivage, sans qu'elles soient recueillies par la mer pour aller toucher d'autres pays, des îles. On perdrait à jamais leur trace, jusqu'à leur souvenir. A peine composeraient-elles une ombre au fond du ciel.

Cette ombre danse dans tes yeux. Elle ranime sous ta peau les derniers élans de l'alcool. En glissant les unes sur les autres, les secondes s'annulent. Le matin n'est plus le matin, mais un moment mort, une durée absente. Et la chaleur fait vibrer l'espace avec une telle intensité que les murs de la ville paraissent se décaler d'un mouvement léger, à moins que ce ne soit le soleil qui tente de les capter ensemble, ces formes, pour les entraîner, les déporter vers lui. C'est la ville entière qui, à présent, semble se déplacer, s'éloigner — et les remparts, et les quais. Peut-être obéit-elle à ton désir de la voir s'éloigner, dériver ; peut-être incarne-t-elle enfin ton rêve.

—

Oui, elle s'en va. Et de sa propre initiative. Selon son mouvement propre. Comme si elle se savait condamnée déjà, comme si elle se lassait elle-même d'être ancrée depuis des siècles sur les mêmes éternelles amarres de pierre, une ville qui voudrait enfin changer d'espace, de saison, de ciel, une ville qui voudrait réentendre peut-être, à la faveur de ce déplacement, de l'élargissement considérable de ses fissures, les premiers coups de pioche, les premiers souffles et halètements de ses bâtisseurs, une ville qui aimerait revoir, même un seul instant, cet espace nu qu'il y avait là, avant elle, des forêts, des champs de fleurs, des broussailles, ou rien que le désert?

Une ville qui voudrait écouter à nouveau battre son cœur, le cœur de sa naissance, en dérivant dans le ciel, une ville qui commence peut-être aussi à avoir peur de sa propre mort, et qui, au moment de son agonie, tente ce pari risqué, une manière comme une autre d'essayer de conjurer l'inévitable faillite de ses pierres, attaquées déjà par des lèpres insidieuses, avec les vertiges de ses tours écroulées, les failles de sa jetée, les toits crevés de ses entrepôts. Elle pourrait oublier enfin cette couleur jaunâtre qui ne laisse voir nulle part le chancre de sa pourriture, non, c'est une simple ombre diffuse rayonnant en elle, cette ombre faite de millions de germes agglutinés, mais impossibles à repérer jamais, parce que entraînés, confondus avec ce rayonnement même.

Elle largue dans le vide ses milliers de câbles, cordes, poulies et autres inventions mécaniques, voulant être la plus légère possible, pour passer le cap du ciel d'été, elle jette tout le sable de ses terrains vagues dans un ciel où il n'y a plus de saison, ni gris, ni bleu, ni blanc, dans un ciel sans couleurs, dans plus de ciel du tout, dans l'immensité.

Les portes des maisons s'ouvrent toutes seules sans le moindre grincement, par le seul effet du mouvement général de bascule. Les grandes portes des remparts aussi. A moins que ce ne soit, elles, sous les coups unis, répétés, des poings des mendiants, mais non, les mendiants, ils se sont déjà envolés sur les tapis noirs des villas à piscines. Ils cueillent au passage les mille yeux des paons qui se déplient le plus largement possible, à s'en faire craquer les membrures, une dernière roue, une dernière parade sur fond d'abîme. Tous les ruisseaux s'emplissent, se rejoignent, coulent très vite. Ils vont s'abattre dans la mer. De véritables cascades. Presque une ville du Nord avec cette eau d'abondance, elle devient, la ville.

Les oiseaux éclatés dans ces cascades, ça fait des éventails qui chantent, avant de se déchirer, lorsqu'ils s'ouvrent trop.

Leurs voix, leurs rires : ils ne doivent même pas s'en rendre compte, tellement ils se sont habitués à négliger leur propre existence, que leur ville s'en va. Certains continuent à déambuler dans le vide, en même temps que basculent : les femmes à leurs fenêtres, les couffins à provisions, les foulards des dactylos, les amants, les repasseuses, les suicidaires qui ont juste le temps d'essuyer leurs poignets au fond des boutiques de tissus, les insomniaques enfin assoupis, les fermiers de passage à l'urinoir municipal, les tampons, les files d'attente, les cochons qui lèchent les cuisses des infirmes, les bouchers sur les tables des cuisines, enlacés par les voleurs qu'ils viennent de surprendre mais qu'ils ont aussitôt retenus par la main, envoûtés, les journaux, les valises, les commissaires de police débordés, couverts de plaques d'eczéma, les chemises propres, toute la plage d'un coup, avec ses premières élégantes, le Temps qui perd complètement la tête, n'essaie même plus de se retrouver, oui, advienne que pourra, avant de plonger dans les flots, on ne le voit plus, et toutes les algues, et les fleurs de la mer, rejetées, amassées dans la plaine, au pied des remparts, d'immenses tapis de fraîcheur croqués par les chiens, broutés par les ânes et piétinés par les petites filles nues : coule entre leurs cuisses la bave des coquillages.

Dans les champs de blé sur la colline, ils se sont arrêtés. Ils rient à perdre haleine de cette excursion de la ville à leurs pieds. D'autres continuent à bavarder, s'étonnant simplement un peu, d'une telle alternance d'obscurité complète et de lumière, à cette heure du jour, d'une telle instabilité du sol, d'une telle proximité de la mer et du ciel à la fois, de toutes ces portes ouvertes, de ces chèvres sur les dômes des églises, de ces morts poussiéreux sur les remparts encore étourdis par l'afflux d'air, et qui doivent s'accrocher pour tenir debout aux roues brisées des paons, de ce savon sur les fesses nues des matrones béates devant les vitrines de chapeaux de paille. Ils s'étonnent davantage de se trouver transplantés sans avoir fait le moindre geste sur les quais, la grand-place, la citadelle, les terrasses, les balcons des hôtels, s'en moquant au fond peut-être, y voyant un but inattendu de promenade, une occasion rêvée d'échapper au travail qui les attendait, la matinée est à peine entamée, ils vont pouvoir en profiter.

Tu entends, juste derrière toi, la voix, à la fois enjouée et assombrie d'une discrète remontrance, d'une jeune femme : « Mais qu'est-ce qu'on fait là, mon chéri?... » Du bout du pied, elle rejette vers la mer quelques algues, quelques fleurs déjà sèches.

Mais sur la mer, il n'y a pas la moindre trace de remous. Elle est immobile, vide. Le ciel est calme. Pas de contours, à peine effacés, d'un immense sillage, ni les derniers reflets d'un rayonnement sombre dessiné par une errance. Lorsque tu te retournes, la ville est là, intacte, figée. Elle n'a pas bougé. Elle ne s'est pas laissée glisser dans l'espace. Ne l'enveloppe même plus cette vibration de la première chaleur qui semblait décaler tous les bâtiments à la fois — immeubles, entrepôts, remparts. C'est à présent une lumière épurée, dure, qui délimite avec exactitude les formes, découpe quelques arêtes d'ombre.

Le désir de la voir partir, ou anéantie, finit de danser sa fièvre dans ton corps. Il ne te laisse encore aux yeux que quelques battements — stores, bâches, drapeaux — qui s'apaisent les uns après les autres, disparaissent. Le matin revient, et ses bruits, nets, épars : les cris des enfants, le claquement des étals, le frôlement des tôles.

Elle n'a rien tenté, la ville, non. Elle reste là, ancrée dans sa pourriture, jouissant béate de la décomposition de ses eaux et de ses fleurs, enivrée jusqu'au vertige de la contemplation du jour immobile dans ses rues, étalée sur les bourbiers asséchés de ses lointains quartiers déserts. Elle se contente d'enfler au soleil, comme un vieux tyran encroûté de la lèpre de son impuissance, et dont l'unique ordre serait pour envoyer ses voitures noires vers une maison au bout de la plaine. Non, elle n'a pas voulu revoir, ne serait-ce qu'un instant, l'espace de son enfance, ses landes, ou son désert, ou ses forêts. Elle reste paralysée dans son temps inerte.

40

L'eau déversée par le camion-citerne : pour essayer d'anéantir cette odeur déjà âcre dans le matin — essence, tôle brûlante, fruits pourris. Tu t'engages sous les arcades. Les rideaux de fer des boutiques sont levés. Chaque fois, tu aperçois au passage les épiciers étendus sur des chaises longues dans l'ombre, près de monticules de sacs de blé. Masses énormes de leurs ventres blancs, immobiles. Juste à côté, des éventails agités par leurs mains. Mains si raffinées, aériennes, ongles faits et peau fine, face à ces masses mortes : semblent appartenir non seulement à deux hommes différents, mais aussi à deux races à la taille, aux proportions, à la vie contraires.

Un adolescent sort devant toi de l'une des boutiques. Il porte sous le bras un plateau de cuivre. Un homme le suit. Ses bagues pianotent de temps à autre sur le plateau — oui, c'est Robert Teryl. Il fait le tour de la Porsche. Il ouvre la portière pour que l'adolescent pose le plateau sur le siège. Puis il revient, s'installe devant le volant. Lorsqu'il lève les yeux, pour lui tendre un billet, il t'aperçoit. Rire léger, rides éclatantes :

— Oh Pierre! que devenez-vous?... vous montez?...

Il enlève le plateau, se retourne, l'étend sur la banquette arrière. Surpris de ce que tu n'aies pas encore esquissé le moindre geste, il s'impatiente :

— Vous ne montez pas?... écoutez, je suis pressé... mais je fais une soirée après-demain, dimanche... j'aimerais vous y voir... je compte sur vous...

Tu appuies les mains sur le rebord de la portière.

— Je ne viendrai sûrement pas... non.

— Pourquoi?... il me semble que vous êtes libre maintenant...

— J'attends Luis... il ne va pas tarder à revenir.

Esquisse d'un sourire, sur ses lèvres — se veut assez sceptique pour réussir à clouer net tout espoir en toi. Pour l'interrompre, ce sourire, tu lances :

— A propos, vous le réembaucherez?...

— Ce n'est pas pour demain... on verra...

— On verra quoi?...

— Et bien, s'il est capable désormais d'assumer correctement un travail... il aura sans doute besoin d'un temps de réadaptation d'abord... ça me ferait naturellement un plaisir fou de le revoir chez nous... et puis...

Choc négligé, ennuyé avec ostentation, de ses bagues sur le volant.

— Et puis?

— Autant vous prévenir tout de suite... cela ne dépend pas que de moi. . son chef de service, ne serait-ce que lui, a supporté avec beaucoup de patience ses... disons... ses excentricités... je ne peux pas vous garantir qu'il soit disposé à l'accueillir aussi facilement que vous l'imaginez peut-être...

— C'est vous le patron quand même?

— Oui, bien sûr... mais je suis obligé de tenir compte de l'avis de mes employés, c'est avec eux qu'il doit travailler, n'est-ce pas?...

Tu serres le rebord de la portière le plus fort possible, à t'en écorcher les mains.

— Assez de ruser comme ça... je crois savoir pourquoi vous ne voulez pas que Luis revienne...

Il détourne la tête. Bruit du moteur emballé. Le temps de te dire, yeux fixés sur le volant :

— Vous devriez vous reposer... j'ai l'impression que vous vous mettez à dérailler un peu à votre tour... essayez de venir à la soirée... ça vous fera du bien... ça vous détendra...

La voiture déjà s'éloigne.

Nuage de poussière qui t'aveugle.

« Vous déraillez un peu... ça vous fera du bien... ça vous détendra. » C'est ça : se suspecter assez soi-même, à en rester pétrifié de doute. Tu voudrais les lui lancer dessus, ces crachats qui affluent dans ta gorge. Et pas seulement sur lui. Sur tous ces maîtres soi-disant bienveillants, qui étalent leurs mains sur vos épaules, vous font bourdonner les oreilles de leurs affectueux conseils, s'emploient à retrancher de votre vie avec délicatesse, le gâté, l'impossible. Vous ne pouvez pas demander l'impossible, vous comprenez? Mais oui, vous comprenez. Certainement.

Un jour, oui, ils seront tous rassemblés au bord d'une des grandes cassures de la plaine (mêlés à cette autre race, leur réplique vulgaire, celle des petits maîtres, rabougris d'impuissance, aux bouches ravagées d'ordres incontrôlés). Des haies de maîtres qui se lorgneront au bord de cet abîme, et emportés par la surenchère de leur parade, chacun enivré par l'exhibition de son propre pouvoir, basculeront dans la faille, se débrouillant encore, souffles troués par la nuit de leur vanité enfin mise à nu, pour essayer de dominer la moindre parcelle de sable fuyant sous leurs jambes, jusqu'à l'instant même de leur étouffement.

Ils ne seront pas sur l'île, vous ne les verrez plus, ces maîtres. Ils n'en supporteraient pas le climat, ils seraient aussitôt asphyxiés par cette sérénité d'un même bonheur silencieux, égal pour tous. Mais il y a un dernier maître, plus insidieux et sournois encore, qui risque de revenir même si tu crois qu'il a commencé à te déserter, à s'exiler de lui-même : c'est ce maître qui, en toi et en chacun, est toujours là au moment d'imposer, de retenir, pas même par les cris, non, rien que par la douceur, rien qu'en parlant, rien qu'en exerçant, souverain, le charme de sa parole. Ce maître-là retient prisonnier par la seule vertu des mots, ou de sourires, d'appels discrets à la pitié. Luis, tu as souvent tenté de le soumettre de cette manière, quand il s'en allait trop loin, quand il ne voulait pas se plier à ta mesure, quand il affirmait avec trop de vigueur sa liberté; lui qui n'aurait pas craint de s'enfoncer, à s'en brûler les yeux, dans ce nuage de poussière qui reste là, en suspension, le long des arcades, plein de l'odeur d'algues mortes au soleil.

41

Tu n'as plus rien à lui demander, à la ville, en attendant le retour de Lena, plus rien qu'à t'enfoncer dans ses lointains quartiers, à l'est, au bord des terrains vagues. Les rues y sont vides. L'obscurité, presque totale. Seulement parfois les taches plus claires des massifs de jasmins dans les jardins des petites maisons aux fenêtres ouvertes, pleines d'ombre. La musique hurlante, la même partout, provenant d'une station de radio unique, te donne l'impression qu'ils sont partis précipitamment sans avoir eu le temps de fermer leur poste. La musique prenant cette densité extraordinaire que l'on ne retrouve que dans les villes où l'état de siège vient d'être annoncé — d'elle tout entière semble dépendre un destin : l'horreur ou la paix revenue.

Les terrains vagues. Pas possible de savoir où elle est vraiment, la mer. Cette barre plus sombre au loin? Le vent ne porte pas la moindre trace d'humeur salée. Il est chaud et lourd. Il fait battre à peine les buissons accrochés aux dunes de pierraille. Tu te diriges vers les masses des baraquements dans le fond. Des formes plus effilées à côté : des toboggans sans doute. Voilà enfin le sable uni, sans affaissement jamais. Moins léger pourtant que sur l'île. Là-bas, la marche se transforme en danse rien que d'y avancer dessus.

Une cafétéria fermée, ce premier baraquement, avec sa terrasse de planches, ses tables. La mer, en face. Encore lointaine. Presque inerte. Au bord, une série de voitures arrêtées, tous phares éteints. Des silhouettes bougent aux alentours, se poursuivent. Elles s'étendent sur la pente de la plage, puis se redressent.

Tu manques trébucher contre un homme debout, dans l'ombre. Il tend son sexe à une femme agenouillée, les seins nus. Avec ses cheveux coupés très court, noirs, ses yeux clairs et vifs levés vers le ciel, elle a un visage de garçonnet têtu. Tu les as déjà vus, ses yeux. Quand tu allais refermer la porte de chez Rachel. Allongée sur la banquette, elle a détaché son visage des cuisses de l'homme, s'est tournée vers toi. Au moment même où l'amour de Luis revenait cogner dans ta poitrine. L'homme lui appuie les mains sur les épaules, avec une force de plus en plus concentrée, comme s'il voulait à tout prix que ses genoux s'enfoncent dans le sable, pour l'y lier.

Il sourit, quand ses épaules s'affaissent enfin. Il regarde ce visage renversé aux grands yeux cernés, qui se ferment peu à peu. Et puis, brusquement, il lui enfonce son sexe qui dérape sur les lèvres à peine entrouvertes. Elle a un sursaut : ses genoux glissent, elle manque tomber en arrière. Il agite son sexe dans sa bouche, très vite, la saisissant à nouveau par les épaules, puis la relevant pour lui éjaculer sur le visage, surtout sur les yeux, longtemps, longtemps. Et sur la bouche, et sur le cou, à elle, qui, aveugle, perd l'équilibre, se renverse, jure, crie : « Tu ne peux pas faire attention... non? », alors qu'il s'est déjà détourné, qu'il remonte son pantalon, qu'il s'en va, disparaît dans la nuit.

Elle se redresse. Elle s'essuie, du bout des doigts, le visage, secoue plusieurs fois sa main. Elle recule un peu quand elle t'aperçoit. Puis un sourire s'esquisse sur ses lèvres. Elle te reconnaît peut-être. Elle lisse ses cheveux, revient vers la première voiture.

42

Lorsqu'elle t'ouvre la porte, Laura, enveloppée d'un peignoir de bain, trop large et noué lâchement, ce sont ses seins qui t'apparaissent d'abord dans l'ombre, ses petits seins roses, droits, des gouttes accrochées dessus. Elle t'embrasse, ses yeux se ferment presque, noyés par l'eau qui lui ruisselle dans les cheveux, encore plus roux et frisés que l'autre nuit :

— Je savais que tu viendrais me voir... je suis contente, vraiment contente...

Tu voudrais l'attraper à la taille, mais elle s'est déjà échappée, son peignoir vole. Tu saisis seulement le parfum de sa peau. Tu l'entends rire, repliée quelque part dans l'obscurité de la pièce. Puis son rire s'estompe, disparaît. La tache claire de son peignoir se rapproche. Ses mains viennent se poser, se croiser sur ta nuque. Elle danse, seins appuyés contre toi, sur l'air d'un mambo, venu d'un dancing proche — au bord des terrains vagues, sans doute. Et tu la serres, serres pour l'emmener en deux ou trois pas sur le balcon. L'élan est plus fort que tu ne le pensais; vous manquez vous renverser en bas. Elle pousse un petit cri. Pour un peu vous seriez dans la rue : mambo, mambo, plus un mot.

Les ondulations dans ses hanches s'espacent, puis cessent. Vous restez immobiles sur le balcon, ta bouche dans ses cheveux, à regarder le ciel. Il est totalement noir.

Brusquement, elle se retourne :

— C'est pour dans trois jours, tu sais...

Ses yeux se brouillent. Elle se met à trembler de bonheur et d'inquiétude. Toi aussi.

— Tu verras, je suis sûr, tout se passera bien...

— Je ne veux pas y croire...

Elle ferme les yeux, quelques secondes. Tu lui prends la main. Elle est pleine de sueur.

— Ça a lieu où?...

— Au quartier Saint-Roch... à dix heures... tu veux que je te donne l'adresse du type, au cas où?...

— Quoi : au cas où?...

Une immense tristesse vient habiter son visage.

— Ça peut rater... s'il m'arrive quelque chose, tu prendras tout ce qui est ici, tu me le promets?...

Tu voudrais arrêter sa main qui enveloppe l'ensemble de l'appartement, mais elle s'est déjà abaissée, repliée sur la rampe. Elle répète :

— Tu me le promets?...

Tu dois lui répondre, même si tu as la gorge serrée :

— Oui, Laura, je te le promets.

— Il n'y a que mon père, et toi, maintenant, qui êtes au courant... C'est grâce à lui que je peux enfin... c'est un type merveilleux, mon père, merveilleux...

C'est de joie qu'elle frémit à nouveau tout contre toi.

— Hier, j'ai déjeuné avec lui... on a rigolé pendant tout le repas... regarde comme je suis idiote... à un moment, j'ai cru qu'il se débrouillait pour qu'on ne parle pas de ça... ou qu'il avait oublié... et puis après qu'on s'est séparés, j'ai trouvé tout l'argent dans mon sac...

Un brutal assaut d'émotion lui serre les lèvres, comme peut-être au moment où elle s'est aperçue qu'un unique homme au monde l'a aidée à devenir femme : son père.

— Il n'a pas voulu me le dire... mais je suis sûr qu'il n'est pas reparti... qu'il est resté en ville, en attendant... il m'a promis de venir me voir toutes les semaines, pendant que je serai couchée... et ton ami?...

— Il va revenir.

La transformation de Laura, le retour de Luis : pour toi, c'est la même chose. Un temps nouveau, pour vous ensemble, est en train de naître. Un temps sans précaution, sans peur, sans soupçon, un temps inventé par vous seuls, un temps sans maître, sans prêtre; un temps vide que plus rien ne cerne : ni aube ni nuit. Un temps qui s'étreint lui-même, sans plus être retenu jamais par la crainte de sa fuite. Le temps lavé à la grande eau de votre plaisir : cet immense pavillon bleu ciel hissé sur l'île au-dessus de la mer entière par vos muscles étirés, mêlés, alors que du fond de la plage arrivera Laura ouverte, soleil éclaté entre ses jambes; à ce soleil, tous les hommes de l'île viendront sécher leurs lèvres, et ces noces à odeur de résine, de galets, de sel, de sueur, Luis sera le premier à les célébrer. Il s'approchera d'elle, Laura, reine enfin, le sang le long des jambes coulant encore un peu. Le vent qui essaiera de s'enfoncer dans sa raie noire brûlée de parfum sera aussitôt repoussé par la rumeur de la victoire du sang neuf dans ses jambes, ce sang de Reine. Oui, le premier, Luis, à s'approcher d'elle, à essuyer du bout des doigts, sang, sable, sel, le premier à donner de ses doigts, à la fente, son tracé définitif, exact. Laura, reine ouverte enfin, rayonnant sur le bleu du ciel, avec ce premier homme : Luis, qui s'arrêtera à ses genoux, l'embrassera.

Le dancing est silencieux. Seuls quelques bruits de verres brisés parfois. Laura frissonne. Elle ramène sur son ventre les pans de son peignoir. Elle se retourne. Sur ses lèvres si fines, si pâles, quelques gouttes d'eau glissent encore. Elle te demande :

— Tu veux rester ici cette nuit?...

— Oui.

— Demain matin, je partirai tôt, je dois aller faire des courses...

Elle entre dans la pièce. Elle arrange les fleurs, dans le vase sur la table. Elle défait la banquette. Elle étend les draps, avec des gestes lents et précis, un peu appuyés même, comme si ces gestes-là devaient contribuer à créer, par leur répétition de plus en plus ferme et appliquée, la femme qu'elle va devenir dans quelques jours, et communiquer déjà à sa chair cette fluidité, qui suffit à toute femme pour être reine. Elle tapote l'oreiller.

Tu t'étends sur la banquette. Par la porte entrebâillée, tu la vois, Laura, penchée sur le lavabo. Puis elle se redresse; elle prend à côté un kimono, l'enfile d'un seul geste. Tu fermes les yeux. Il y a le léger tintement d'un flacon débouché, puis reposé sur une étagère de verre.

43

Tu longes le dancing fermé. Quelqu'un balaie la piste, enlève les débris de verre, de roseaux et de liège. Une partie du mur, en face, a été arrachée — par la violence d'une bagarre sans doute. Le vent secoue les housses qui recouvrent les instruments de l'orchestre au fond de l'estrade. Sur ta bouche, revient le parfum de Laura, dansant tout contre toi. Ce matin encore, tu pourrais danser avec elle sur la piste vide, ses seins sous tes doigts, ses jambes contre tes jambes, et sur tes lèvres, ses cils. Et si elle n'était pas partie si tôt (à peine l'as-tu aperçue à l'aube, se faufilant par la porte de la cuisine) peut-être l'aurais-tu entraînée vers cette terre noire, là-bas, cette terre que tu as toujours désiré connaître, et que tu veux parcourir au moins une fois, avant de quitter la ville. Tu t'éloignes du dancing. Tu t'engages sur le chemin creux. Au bord, parmi les buissons, des amas de poutres ou de vieilles machines. Puis une étendue plate, terminée par une ligne blanchâtre : la mer. Tu dois marcher longtemps avant de trouver une ouverture dans les barbelés.

Tu pénètres enfin sur cet immense terrain, traversé par des fissures où affleurent des pans de tôle. Il y a des tas de pierraille aussi, disséminés. Par leurs reflets jaunes et noirs, et parce qu'ils semblent parcourus de mouvements internes — à moins que cela ne soit une illusion due à l'intense réverbération — ils t'apparaissent plutôt comme des amoncellements pétrifiés de scorpions. Même avec son aspect de lave séchée, elle est plus molle par endroits, la terre; on s'y enfonce un peu. Plaques de déchets mal durcis; une lèpre encore vivace. Est-ce pour cela que la ville a toujours voulu l'ignorer, s'en est détournée avec honte et dégoût? Un dégoût pareil à celui de la famille voisine, chez qui tu es allé demander du pain, il y a quelques jours. Ils étaient immobiles dans la chambre autour du lit de la mère, vieille, au ventre si gros — le ventre d'une femme enceinte. Jusque-là, ils la regardaient, même de biais, avec pitié, mais quand il y a eu cette tache suspecte sur la combinaison, ils se sont détournés, ils n'ont plus voulu rien voir, ils ont commencé à partir les uns après les autres.

Tous, en ville, ils continuent à la maudire, cette terre, à ne jamais vouloir s'en approcher, alors que c'est peut-être là que la cité a pris naissance, que ses premières fondations ont été creusées. Et ce qu'ils oublient, c'est que la mer est la même qui bat contre ces rochers, s'infiltre dans ces fissures et va, là-bas, glisser sur leurs plages. Qu'à force d'emporter un peu de sa poussière, chaque jour, chaque nuit, les vagues leur en feront boire à tous, oui, il y a assez de courants pour ça. Leurs gorges enflées à en éclater, ils ne seront bons à rien qu'à se traîner, aveugles, sur les quais, tendant leurs bras, sans même s'en rendre compte, vers l'espace abandonné.

A cause de la lumière trop vive, tu ne t'étais pas aperçu qu'il y avait là, au milieu, un arbre. Très grand, au feuillage inégal, bien plus clairsemé vers la cime. De longues branches noires, là-haut, dans le soleil. Autour, le terrain est encore plus désertique qu'ailleurs. Sans aucune fissure ni tas de pierraille. Aussi nu que dans la région de l'île, ravagée par l'incendie. Le malheur de cet après-midi-là revient t'étreindre — toute la ville rassemblée sur les terrasses ou les remparts, hypnotisée par les flammes sur l'île, restait muette, souffle retenu, avec seulement quelques cris vers les centaines qui brûlaient vifs sur le rivage en face, quelques courses affolées aussi, certains s'appelant d'un bout à l'autre de la cité pour vérifier une absence, pour savoir si, par hasard, il ne serait pas parti pour l'île, cet après-midi-là. Il n'y avait pas de réponse, parfois. Et sur la mer si calme, les navires de secours impuissants commençaient à refluer.

Cette région de l'île, tu étais allé la revoir, quelques mois plus tard. Un vent étouffant descendait encore des champs noirs, et du flanc rongé de la montagne. Mais l'eau de la rivière coulait toujours aussi claire. Le sable de la plage était aussi blanc. Beaucoup étaient venus de l'autre partie de l'île, pour reconstruire le village. A nouveau, s'élevaient les maisons de planches. Pareilles, avec leurs soubassements de maçonnerie, leurs balcons pleins d'oiseaux, leurs portes ouvertes.

C'est là que vous allez vivre bientôt, et rien qu'en te collant entier contre l'écorce de l'arbre, bouche, et ventre, et jambes, tu t'éloignes déjà considérablement de la ville, tu n'appartiens plus à son territoire, tes gestes commencent à se transformer, leurs entraves se consument, ils prennent à mesure la forme de ceux des habitants de l'île, ils s'imprègnent de leur rythme, des gestes si lents et si paisibles qu'ils semblent s'accomplir pour le seul plaisir de se voir se dérouler eux-mêmes, jouissant à l'infini de leur nonchalance, dessinant la propre danse de leur absence.

Ils ne seront pas différents des gestes de Luis. Ils s'inventeront en même temps, se dénoueront, se perdront ensemble. Ils n'existeront que pour être les signes de votre amour; sur fond d'une lumière à goût de sable. Tu la respires déjà, cette lumière. Tu serres entre tes bras un des arbres brûlés. La mémoire entière de l'île vient s'ouvrir dans ton corps, sans prendre garde à ses cicatrices encore douloureuses. Elle appelle vers elle ce rêve qui t'envoûte, annule le temps, te fait te promener quelque part sur l'île, un après-midi d'été plus chaud que les autres, et t'entraîne au fond de la forêt, là où le ciel est calme.

Tu es tout près de la sève, du sang, du cœur de l'arbre. De l'énorme poing d'herbes nouées au milieu qui tient serré le cœur de l'arbre. Il relâche son étreinte. Le cœur éclate en silence. L'écorce s'entrouvre sous le coup de bec d'un oiseau, plus curieux que les autres d'une telle clarté aujourd'hui. Il n'est pas le seul : des centaines d'oiseaux, aux ailes un peu tachées de rouge, le suivent, mais aussi des abeilles, des jeunes filles, des aveugles, des belettes, des promeneurs attardés, des bohémiens, des robes enlevées par un après-midi trop chaud, des lichens aussi, des fleurs trempées de sang, mais d'un sang si clair que c'est juste de la couleur de ses lèvres, à Luis, au matin, quand vous avez erré toute la nuit et bu et fait l'amour. Tout cela vient danser au-dessus de toi. Tu essaies de les attraper, mais tu n'y parviens pas, toutes les branches de l'arbre fondent dans le soleil, elles se détachent de l'arbre, elles flottent, d'abord un peu désorientées, amincies, vacillantes. Des bâtons de sourciers, qui tremblent déjà du bonheur de pouvoir la rencontrer bientôt, l'eau où plongera leur lumière.

Tu es à la fois l'une de ces branches qui part, à la dérive, à la recherche d'un peu d'eau, mais aussi quelque chose qui reste fixe dans l'arbre. Tu ne sais pas quoi vraiment, mais ce pourrait être les bras d'une fille du bois, qui aurait voulu rester accrochée à ce cœur de l'arbre, qui n'aurait pas voulu en démordre, de ce cœur, parce qu'il est si bon de demeurer là, les yeux grands ouverts, alors que les visiteurs du bois dorment à côté d'elle, ou font semblant, dorment sous le miel rouge qui leur coule à profusion dessus, le miel à couleur de sang clair, à couleur de ses yeux, à Luis, quand il a trop couru — cette fille du bois heureuse d'être réfugiée là, alors que tout, dehors, n'est que cendres. C'est du moins la vision qu'elle en garde, avant qu'elle ne se renverse dans les flammes, ne glisse, ne s'enfonce dans la nuit de l'arbre d'or. Tu en trembles aussi de bonheur de la trouver bientôt, cette eau, où tu tremperas tes lèvres, où Luis trempera ses lèvres aussi, mais elle n'est pas loin, cette eau, non, elle coule même quelque part en toi. Elle est l'eau, dans laquelle culbute Luis, après avoir erré, bu, fait l'amour toute la nuit.

Tu crois d'ailleurs entendre les cris de tous ceux qui l'ont découverte : bandes d'enfants, institutrices, bergers... de grands lapements de langues sèches dans une source au fond d'un bois, d'un cœur, d'une chair qui s'ouvre quelque part en toi. Tu es ce promeneur égaré au milieu des flammes, dans une forêt où il commence à faire très chaud, mais qui ne s'affole pas, qui ne se presse pas, il a la certitude qu'il y a un passage entre toutes ces flammes, oui, il y a même une source qui est en train de se gonfler considérablement, une véritable cascade qui vient te chercher, te prendre au milieu des flammes, une source qui, par sa force, te porte jusqu'au cœur de l'ombre, et là, dans cette caverne, surgit une main, mouillée d'un vin très clair. C'est la main de Luis. Luis qui t'entraîne, yeux contre yeux, ventre contre ventre, lèvres contre lèvres, sur la robe un peu tachée de mûres de la fille, et vous ne dites plus rien, tous les deux, écoutant, comme d'une maison vide en pleine campagne, la pluie couler au-dehors, la pluie de cendres qui fait crier : « Allez les enfants... » à l'institutrice qui se désole de les voir trempés, et qui désire de tout son cœur un grand feu autour duquel ils pourront venir se sécher ; et déjà cognent à la porte d'or de l'arbre, les belettes, bohémiennes, chiens, collectionneurs, paysagistes, fermières, satyres..., tous traqués par cette pluie noire à laquelle ils ne s'attendaient pas : un si beau temps partout, aujourd'hui. Il faudrait aller leur ouvrir, car le crépitement de la pluie, au-dehors, devient de plus en plus fort, mais il y a trop d'ombre — peut-être des kilomètres et des kilomètres de nuit, avant d'atteindre (si on y réussit, si on ne tombe pas avant dans les trous, au milieu des herbes) la porte d'or, où ruisselle la pluie. Alors, même l'ombre à l'intérieur de l'arbre s'épaissit de plus en plus, comme s'il y avait plein de vitres ouvertes, là, dans l'ombre, des vitres ouvertes sur le jour, mais un jour tellement obscur, à cause de toutes ces cendres partout, obscur non pas comme la nuit, car n'importe quelle nuit est plus claire que ce jour-là. Non, obscur comme si l'ombre se projetait dans l'ombre même. Vous en frissonnez un peu, d'être si heureux, là, seuls, au creux de l'arbre.

Et voilà que cette ombre si dure bascule, griffée, écartelée, entraînée par les racines d'or, vous les entendez danser, elles font s'éveiller les peuples ensevelis, retranchés, exilés au fond de leur histoire souterraine, une histoire arrêtée, nulle; ces peuples entiers qui bougent pour la première fois depuis des siècles, respirent, salivent, hument, goûtent, aiment vraiment enfin, en accrochant leurs bras à ces immenses racines qui les font remonter. Leurs corps tourbillonnent, la boue sèche de toutes les oppressions accumulées s'en détache au fur et à mesure; des corps de plus en plus radieux donc, à mesure qu'ils s'élèvent, repoussant du bout des pieds, avec une rage heureuse, tous les fantômes des pouvoirs qui les ont maintenus cloîtrés dans la crainte, la résignation, l'obsession du mal, l'admiration obligée, l'obéissance à un sacré, quel qu'il soit, l'absence de désir, oui, tous les peuples du monde, et les racines dansent, leur font faire un détour, prolongent un peu la promenade à travers la pénombre des derniers jours effacés, pour leur éviter d'avoir bientôt les yeux crevés par l'irruption de tant de lumière à la fois.

C'est vrai qu'il fait très beau, tout à coup. De la tempête de cendres qui vient de s'abattre, il n'y a guère comme traces que quelques violettes chiffonnées, la gueule barbouillée d'un écolier sur laquelle l'institutrice passe son mouchoir, et aussi peut-être la belette qui a des taches grises un peu partout, et dont se moquent d'ailleurs les voyageurs à la fenêtre baissée de leurs trains. Ils peuvent voir loin, très loin, grâce à un temps si clair, ils voient même jusqu'au fond du ciel, quoi? — la pluie, lasse, qui essuie sa joue encore trempée sur son épaule nue,

c'est un ciel de printemps qui s'ouvre à vous, à l'arbre qui n'en revient pas de s'ouvrir complètement, qui a de lentes et progressives ondulations de ses hanches, de la peau d'or de son écorce, douce comme le velours des pantalons bouffants des nains du cirque qui courent en traînant dans l'herbe le long des rails de petites roulottes rouges; des ondulations d'une femme s'enivrant de s'offrir au soleil, dont les rayons ruissellent le long de ses jambes, au plus profond de son ventre, une femme s'écartelant au soleil qui n'en finirait pas de faire couler en elle son sperme brûlant à odeur de violettes, de sciure, de vin, de la sueur des bûcherons, tout en continuant à la pénétrer très fort; l'arbre halète, vous aussi, et ce battement est si puissant qu'il fait s'entrouvrir le ciel autour. Des dizaines de ciels qui se découvrent, passent, disparaissent, et vont tourner autour des peuples. Ils voient, pour la première fois, ces peuples, des morceaux de vrai ciel. Ils crient comme des voyageurs qui découvrent un pays inconnu, mentionné sur aucune carte, un pays qui surgit de l'eau, rien que pour eux. Ils savent que c'est le grand moment de leur vie, mais ils décident d'aller plus loin, même s'ils ne doivent plus en revenir, même s'ils ne doivent plus la revoir, leur vie. C'est peut-être d'ailleurs, la langue fiévreuse de la femme qui les creuse, ces ciels successifs, jusqu'à ce qu'il n'y ait plus de ciel du tout; rien que du blanc

une mer blanche que côtoient les racines, dont la danse s'apaise, et qui se figent en rayons immobiles. Ça devient donc d'immenses allées, d'immenses plages de sable doré, le long desquelles déambulent, en se tenant le bras, car pas trop assurés encore, les peuples qui apprennent enfin la nonchalance, se déchargent peu à peu de leurs fatigues, surtout les mères, oui, toutes les mères du monde, qui n'en reviennent pas de pouvoir enfin laisser aller leur bras le long de leur corps, comme ça, pour rien

tandis que des milliers d'oiseaux viennent buter contre les parois de la grotte, devenue claire, se salissent le bec avec toutes les mûres qu'elle y a mises, la fille du bois, et qu'arrivent aussi, dans la joie du plein midi revenu, dans cet air que, tout à l'heure, les cendres ont finalement purifié, les collectionneurs de papillons, l'institutrice avec les enfants, le prêtre, les ethnologues étourdis, l'épicière, les amants, les employés de bureau, les cueilleuses professionnelles, tout cela juste au-dessus de vous, du moins pour ce que vous pouvez en distinguer, car il y a tant de lumière que ce n'est pas très commode pour apercevoir tant de monde à la fois, et vous êtes étendus là-haut, lèvres sur lèvres dans le ciel de l'arbre, dans le bleu du ciel, qui est le nouveau cœur de l'arbre qui se reconstitue autour, les racines devenant des rayons qui plongent dans la mer, parcourus par les cris de joie des peuples illuminés.

Ces cris s'éloignent au fur et à mesure, basculent sur la mer, s'y perdent. C'est un plaisir, si profond et si secret désormais, qu'il n'a plus besoin de se dire. Le silence revient. A peine troublé par quelques cris d'oiseaux, si faibles aussi : une écorce semble se refermer sur eux. Le bleu du ciel recule très loin au-dessus de toi. Il n'occupe qu'un ultime pan d'espace, cerné par les branches de l'arbre, là-haut, et à peine capable de lancer les derniers éclats du soleil. Ils vont frapper les barbelés et les débris de tôle dans les fissures. Trop nombreuses, ces fissures. Ce n'est pas la terre unie de l'île, non; ni, près des rochers, son sable blanc. Le temps a à peine subi une éclipse. La main de Luis n'est pas venue étreindre ta main, tes lèvres n'ont pas tremblé sous la douceur de ses lèvres. Tu aurais pourtant aimé mourir là, et renaître seulement sur l'île, n'être plus qu'un corps vide jusqu'à ce qu'il reçoive la greffe de votre amour.

Tes gestes — abaisser les bras, remuer à nouveau la main, se remettre à marcher — n'ont pas encore pour miroir les gestes de Luis. Ce ne sont pas des gestes absents, libres. En t'éloignant, tu écoutes s'écorcher entre elles les feuilles de l'arbre. L'ombre du soir s'étend sur les tas de pierraille, les recouvre. Elle anéantit tout reflet.

La terre te paraît encore plus molle que tout à l'heure. Tu t'y enfonces presque constamment. Les croûtes solides cèdent l'une après l'autre à l'approche de la nuit, éclatent sous la profondeur de sa vie, à la terre, qui roule la masse de son sang noir. Peut-être s'enfonce-t-elle elle-même les débris de tôle et de verre plantés dans ses fissures, jusqu'à ce qu'elle s'immobilise dans une aube future, son cœur ouvert au soleil. Auparavant elle se sera mêlée à d'autres terres, elle les aura amollies et bouleversées à leur tour ; elle aura même atteint les soubassements de la ville, qui dérapera lentement, s'enlisera. Une ville noire aux rues jonchées d'éclats de verre, pour éblouir les yeux des voyageurs sur les ponts des navires.

Tu repasses sous les barbelés. Plus trace de chemin. Nulle part n'apparaît la masse du dancing. La route est déjà là devant toi. Tu avances encore étourdi, le long du fossé rempli de sable. Les voitures déferlent. Elles viennent des plages. Par les vitres ouvertes, ils agitent les bras. Des insultes éclatent parfois. Tu ne dois pas marcher suffisamment en retrait.

A quoi bon revenir, toi aussi, vers la ville, pour errer dans ses rues toute une nuit encore, jusqu'à cet instant — terrible — où tu sauras enfin si Lena a réussi à voir Luis, à lui parler. Demain, oui. Demain : un mot trop fort qui te paralyse. Tu t'assois sur une borne face à la mer. Calme, presque immobile, avec au loin les lumières de caboteurs. Tu les suis jusqu'à ce que la brume au fond du ciel les recouvre.

La route est vide. Ils ont fini de déserter les plages. La nuit partout s'étend. Le vent fait glisser les branches des buissons sur les barques éventrées. C'est le seul bruit au monde.

44

Il conduit très vite dans la nuit, le père de Luis. Chaque fois que Lucie se penche, lui pose la main sur la nuque, lui murmure quelques mots à l'oreille, jaillissent ses éclats de rire; comme un écho aux élancements, ruptures de l'air de free-jazz à la radio. Il ne t'a rien dit depuis que, t'apercevant au bord de la route, il a arrêté sa voiture, t'a invité à y monter — insistant pour que tu participes à leur balade. Son visage, qui paraît recouvert d'un masque doré, tellement la peau en est tout entière tendue, marbrée par le soleil, pas un pore n'y échappant; les gestes de Lucie, d'une complicité trop appuyée, jouée, cette distance irréversible entre vous, augmentent encore l'impression que tu as d'avoir devant toi des figurants d'un spectacle devenu presque totalement incompréhensible — comme quand, arrivé dans une ville étrangère, on entre par désœuvrement dans un théâtre pour y voir représenter une pièce pourtant connue, mais tellement déformée que même les rares répliques, parfois reconnaissables, qui vous ont jadis bouleversé : « Va-t'en... tu entends?... va-t'en », ne vous atteignent plus.

Le vent déporte parfois la voiture, lance des tourbillons de sable. La femme, assise à côté, s'agrippe alors à ton bras. Ses cheveux d'un blond très clair dans l'ombre, son visage qui apparaît tour à tour radieux et crispé, son prénom : Isabelle — d'elle, tu ne sais rien d'autre. Pourtant une sympathie existe déjà entre vous.

C'est bien la terre noire, devant laquelle vous repassez en revenant vers la ville. Après avoir parcouru tant de kilomètres dans la plaine, pour rien. Tu reconnais l'arbre au fond. Tu pourrais leur proposer d'aller se glisser sous les barbelés. Tu les préviendrais quand même en avançant qu'ils risquent d'avoir la peau des pieds transpercée par des queues de scorpions. Une marche difficile donc, surtout pour lui qui a pas mal bu déjà dans les cafés des villages au passage. Une marche sans point de repère. Mais tu seras là pour les aider bien sûr, leur prendre la main. Tu connais le chemin à présent. Le chemin de l'arbre. Autour, vous pourrez faire une petite ronde de l'amitié, tous ensemble, pas trop vite, en faisant attention de ne pas en soulever, de cette poussière. On en reste aveugle, à ce qu'ils disent, en ville. Une ronde de l'amitié, jusqu'à l'aube.

Mais voilà : c'est trop tard. Elle a déjà disparu, la terre.

Il a promis à Lucie de lui faire prendre un bain de minuit. Promesse tenue : la plage, il ne va pas la chercher plus loin. Une de ces plages désolées, bien avant la Corniche, où personne, jamais, ne se baigne. Déjà la voiture sort de la route, roule sur le sable. Frôlement des broussailles. Secousses des gros galets. « Vous voulez une cigarette? » A la lueur de son briquet, tu découvres les doigts d'Isabelle, flétris. La plage a une pente forte. S'il continue à vouloir longer d'aussi près la mer, vous allez vous y trouver renversés d'un coup. Ça clapote sur les roues. Terrain glissant. Elles fuient, les roues. Elles frôlent les trous. Giclées d'eau tiède, partout. Pluie sur le pare-brise. On ne voit plus grand-chose. Lucie commence à dire : « Arrête... arrête... » Elle voudrait crier plus fort sans doute. Mais les sons lapés par ses lèvres mouillées : nuls. Elle lui secoue l'épaule. Non, il continue. Plus vite encore. Orage d'écume et de sable. La bourrasque de la vitesse vous emporte, aveugles. Il faut qu'il y ait, par des rochers aiguisés, cette déchirure sur la tôle — si profonde :

sensation de jambes rasées au fil du courant — pour qu'il l'arrête brusquement, la voiture.

Roues patinent, s'immobilisent. Vous êtes l'un sur l'autre, trempés. Étourdis. L'écoulement de la mer : pareil à une terre inondée. Décrue. Vous vous redressez. La première, Lucie descend, claque la portière. Elle agite bras et jambes en courant. Elle prétend faire sécher sa robe. Mais sa course est empêtrée. Le tissu a des plis lourds, serrés, de parapluie inutilisable. Portière claque, bis : Paul. Mais lui, audace trempée. A toute épreuve. En a vu d'autres, naturellement. Il rit. Il avance à grands pas, en vacillant un peu. S'y croit encore à son volant, avec rêves de zigzags dans la mer, capables de vous entraîner au fond, et de vous en faire ressortir illico. Il se retourne vers vous, mais à peine. Il s'en va le long de la plage. Un seul claquement de portière : c'est votre tour, à Isabelle et à toi. Vous sautez au même moment sur le sable. Cigarettes mouillées, éteintes. Odeur de tabac froid. A chasser aussitôt, en aspirant très fort la nuit. Ensemble. Complices. Vos poumons : secs d'un coup.

Lucie jette ses chaussures en l'air. Ça résonne sur la plage entière, quand elles retombent. Elle enlève sa robe. Elle écarte un peu les bras. Elle prend l'air nonchalant, épuisé et béat, d'une baigneuse qui aurait voulu profiter de la plage jusqu'à la nuit. Isabelle, en slip, les seins nus, s'approche. Elle fait glisser sa main sur son maillot noir, la prend par la taille, essaie de l'entraîner, mais Lucie se contente de lui sourire, d'incliner la tête vers son épaule. Isabelle ne s'attarde pas pourtant. Elle s'élance déjà, très vite — comme une femme qui sait que rien ne va excéder le plaisir de la mer le long de son corps — non, rien. A peine se retourne-t-elle pour crier : « Lucie ! », avant de pénétrer dans les vagues qui la frappent, l'éloignent aussitôt. Lucie se met à avancer lentement, presque avec gravité. Elle entre dans la mer en levant les bras vers le ciel, attendant que l'eau lui arrive aux seins, pour les abaisser, les tendre en avant, nager.

A force de suivre la progression de leur nage, tu ne t'étais pas aperçu qu'il est revenu près de toi. Yeux creusés, pleins d'alcool. Lèvres mouillées. Il reste là, immobile, à te regarder. Il épie ton moindre mouvement, comme le premier jour, sur le trottoir plein de soleil. Parfois, il porte la main à sa nuque, la comprime de ses doigts serrés, pour retenir l'ivresse, l'apprivoiser, l'effacer à mesure. C'est le seul instant où il tourne son regard ailleurs, vers le ciel, ou vers les dunes. Tu t'éloignes. Il doit te suivre, car tu l'entends dire juste derrière toi :

— Tu ne vas pas te baigner?... l'eau doit être bonne, tu ne crois pas?...

Elle te surprend, cette douceur dans sa voix. Oui, bien sûr, tu as envie d'aller te baigner à ton tour, de les rejoindre, de t'enfoncer dans la mer, très loin, là-bas où la nuit devient plus claire.

Il pose sa main sur ton épaule. Tu as un léger mouvement de recul. Tu dois frémir aussi. Il la retire, mais très lentement. Il laisse traîner sur ta peau le bout de ses doigts.

— Tu as peur?...

Sa douceur, encore. Étrange douceur. D'être trop appuyée, de vouloir à tout prix s'insinuer en toi, anéantir ta résistance. Tu commences à te déshabiller. Il approche un peu plus. Lui aussi, il se met à déboutonner sa chemise. Sans hâte. Il t'effleure avec insistance, comme s'il allait se coller contre toi. Au moment où tu fais descendre ton pantalon, tu sens son haleine lourde dans la nuque. Elle te parcourt, entier. Vous ne bougez pas. La mer est très sombre.

Son rire, oui, c'est son rire qui éclate derrière toi, s'enfle à mesure, puis se brise :

— Il croit que c'est arrivé, le con... il croit que c'est arrivé...

Tu te retournes : il claque ses mains sur ses jambes. Obligé de se recroqueviller, tellement il rit. Une énorme rafale de chair qui se tord, en crève tout le long, de son rire. Que peux-tu faire d'autre, que le regarder, lui qui s'est éloigné un peu, commence à se dandiner, lève le petit doigt en l'air, en disant d'une voix mielleuse :

— Qu'est-ce qu'il peut être con... mais con, ce type, vous pouvez pas savoir!...

Il se redresse, revient, s'arrête face à toi. Immense.

— Et tu croyais que j'allais laisser mon fils vivre avec une petite roulure comme toi... tu croyais peut-être que j'allais laisser Luis continuer à sauter une ordure... une ordure, voilà ce que t'es... rien d'autre... c'est que ça en redemande, les gars comme toi... pas le temps de souffler, et déjà retourné... t'as pas dû perdre ton temps, depuis qu'il est parti, Luis?... hein?... t'as dû t'aplatir devant pas mal de mecs déjà, non?...

Tu ne peux pas faire le moindre pas en arrière, tellement elle te cerne, de tous les côtés, sa haine, nette, tranchante. Des parois aiguisées de haine. Il te hurle en plein visage :

— Et ça voudrait le voir revenir, Luis... mais je vais te dire une chose... tu n'es pas prêt de le revoir, Luis... t'entends?... il n'est pas prêt de sortir de là-bas... il va y rester longtemps, très longtemps... t'entends?... parce que, si tu veux le savoir, c'est moi qui l'ai fait enfermer... c'est moi qui ai signé... c'est moi... et tu ne pourras rien faire... Rien.

Plus rien à faire, qu'il dit. Rien. Mourir. Pas difficile de se laisser prendre par sa main qui se tend dans l'ombre, au fond de ta gorge trouée, un souffle. Elle disparaît, sa main. Tu ne vois pas très bien où il est maintenant. Leurs voix, si lointaines, à elles — comme dans une autre nuit. Elles ne viendront pas pour dire que ce n'est pas vrai, tout ça, non, pas vrai.

Quelque part, il se remet à crier :

— C'est à cause de toi que c'est fini... à cause de toi... c'est toi qui l'as fait devenir cinglé, mon fils, c'est toi... c'est à cause de toi qu'on en a bavé... c'est toi qui nous as empoisonné, à tous, la vie...

A nouveau, tu vois sa peau suant d'alcool. Il se rapproche très vite.

— Et tu voulais que ça continue?... mais jusqu'à quand?... je t'aurais tué, de toute manière, je t'aurais tué.

Tu lances ton poing. Dans le vide. Il s'est déjà écarté. Il a la démarche d'un danseur, prévenu qu'il allait se casser la gueule, mais qui veut montrer à tout prix que ça va, oui, ça va, quoi. De défaillance, il n'en a pas, lui. Il est capable de les danser à la fois, toutes les danses du monde. Il s'obstine, il va danser avec la nuit. Il essaie de la serrer tout entière contre lui, la nuit, en jetant en avant ses bras si lourds, de la faire tourbillonner. Mais elle recule de plus en plus sous son haleine pourrie, la nuit. Elle se dégage en haletant : ces grands battements dans le ciel vide. Et c'est lui qui déjà se renverse en arrière, s'écroule sur la dune.

45

Tu as marché sans t'arrêter pendant des heures jusqu'à la première cabine téléphonique sous les remparts, pour lui insuffler, à Lena, toute la puissance de la rage battant dans tes poumons et tes jambes, lui dire que c'en est fini de la moindre hésitation, que vous devez lutter contre eux maintenant, le faire sortir de force, Luis, car ils risquent de le garder longtemps, très longtemps encore, jusqu'à ce qu'il ne soit plus qu'un corps inerte parmi les autres, allongé dans un couloir, inconscient, les jambes écartées, la tête sur l'épaule, incapable de vous reconnaître; son père veut sa peau, il veut le rayer de la vie, en faire une ombre, à peine un survivant. Mais le soleil est déjà haut dans le ciel, elle est partie, Lena, peut-être est-elle assise dans l'autocar, ou peut-être descend-elle à l'instant même devant la maison. Seules, désormais, les ondes de la lumière pourraient recueillir et répercuter ta colère, aller la répandre dans la moindre fibre de sa chair, au moment où elle franchira les grilles, mais, même si elle ne sait pas tout, même si elle ne t'entend pas, elle n'hésitera pas, elle redressera sa mèche, elle réajustera son sac en bandoulière, elle entrera dans le premier pavillon, elle aura son sourire le plus doux pour leur demander où se trouve Luis Etcheverria, si elle ne peut pas le voir, ne serait-ce que quelques minutes; on lui dira d'attendre un peu, elle ne trahira pas la moindre impatience, le moindre trouble, et puis Luis surgira devant elle, ils se prendront les mains, ils se regarderont, ils ne diront rien peut-être.

46

Ils recommencent à avancer sur le trottoir. Resté longtemps désert. Mais le soleil doit être encore brûlant puisque certains marchent, en se protégeant la nuque avec un journal, la tête penchée en avant. Ils viennent s'asseoir sous les arbres. Ce n'est pas encore l'heure où l'on flâne à travers la ville, la respiration libre, apaisée par l'ombre. Tu mets la pièce dans l'appareil pour la centième fois, peut-être, les yeux fixés sur la paroi de cette cabine dont tu connais la moindre inscription, la moindre éraflure.

On décroche. Ton cœur : un bloc de sang qui se détache.

— Alors?...

— Je l'ai vu... voilà, c'est demain, Pierre...

— Demain?...

— Oui, demain... demain à six heures... je lui ai glissé une montre dans la poche, des excitants aussi pour la nuit... mais je crois que ce n'est pas la peine... ils ne sont jamais arrivés à le faire vraiment dormir.

— Il n'a pas changé?

— Non... presque pas... il est très pâle, c'est tout...

— Et l'île?

— Il veut y aller, bien sûr...

Cet épuisement d'une trop grande joie qui te serre la gorge, te fait pleurer. Tu ne peux plus rien dire, alors que tu voudrais lui demander tant de choses.

— Pierre?... repose-toi un peu maintenant... tu devrais rentrer chez toi... préparer quelques affaires... et réunir le plus d'argent possible... vous allez en avoir besoin...

Elle te parle de demain matin, des gestes que vous aurez à accomplir. Les mots changent. Tu ne les reconnais pas vraiment.

— Tu ne m'écoutes pas beaucoup...

— Si... si... mais ça me paraît un peu irréel.

— Pour le moment, ça se passe comme on veut... c'est tout.

— Tu sais... c'est son père qui l'a fait enfermer...

— Je m'en doutais un peu... on ne doit pas rater notre coup, demain... si tu as envie de venir dormir ici... je laisserai la clef à côté...

Lorsque tu sors de la cabine, tu vois les mendiants qui, là-haut sur les remparts, tracent du bout de leurs bâtons la figure de la vie.

Leurs haillons qui battent dans le vent sont pareils aux ailes ouvertes des grands oiseaux de l'île qui s'envolent au-dessus d'eux. Avec leur poitrail blanc étincelant comme une cuirasse : une avant-garde, héroïque et sacrée, qui déferle sur le soleil.

47

Tu ne t'attendais pas à la trouver là, contre le mur, deux ou trois marches après le palier, les bras ballants, la tête un peu de travers, comme pour une cérémonie, ou une fête : ta mère. Ça te déchire de la voir avec cette robe où elle flotte, démodée. Quand tu veux l'embrasser, elle détourne la tête. Tu effleures à peine ses joues. Déjà sa main appuie sur le loquet.

Tu trembles un peu en enfonçant la clef. La chaleur, enfermée depuis plusieurs jours, a pourri sur place. L'air pue. Elle va vers la fenêtre, l'ouvre, se penche légèrement au-dessus de la rue. Jamais tu n'as vu son visage durci à ce point. Figé par une exaspération concentrée, mûrie. Sans retour. Au-delà même de toute fatigue. La vieille fatigue a été étranglée par les nerfs noués ensemble; elle ne survit encore que sur la bouche affaissée. Oui, elle a brutalement changé. Comme si le temps, ces derniers jours, s'était hâté d'accomplir sur son visage le pire de ses ravages : l'extinction de tout éclat de bonté, une immobilité noire du regard.

Elle se retourne, agite le bras, comme si elle essayait de toucher tout l'air de la pièce en même temps. Ça te fait mal, de la voir se démener pour rien. Elle se met à crier — enfin :

— Mais pourquoi ça pue comme ça?...

Elle va prendre sur le lit le drap, qu'elle secoue, qu'elle essaie de faire flotter. Mais l'air est si opaque — le drap n'ondule même pas, il retombe. Elle le laisse aller. Elle tend la main, pour te le montrer :

— Est-ce que tu te rends compte de la pourriture dans laquelle tu vis?... tu t'en rends compte?...

Tu baisses la tête.

— C'est toi qui vas finir par être pourri... c'est toi qui es...

Elle s'arrête, quand tu lèves les yeux Elle rejoint la fenêtre, regarde dans la rue à nouveau. Sur la table, le casque de Luis porte encore des traînées de sel.

Elle revient. Sa voix se fait plus douce :

— Écoute-moi, Pierre... j'ai terminé l'installation du rez-de-chaussée, pour toi... la voiture est en bas, viens, on s'en va...

Un jour, ils ont pris Luis par les épaules. Ils l'ont poussé dans l'escalier. Ils l'ont emmené.

— Non.

Elle s'approche davantage :

— Tu n'en as pas assez de rester seul après toutes ces histoires?... tu n'en as pas assez?... viens... voyons... viens...

Ses bras s'ouvrent, pour que tu t'y jettes, pour que tu t'y enfouisses. Ça sera : ne parlons plus. Dormons debout l'un contre l'autre. Vies fondues, immobiles. Plaie qui se referme. Oublie. Oublie. Juste après, tu pourras recommencer ce que tu voudras. Une halte, une pause : voilà ce qui t'est nécessaire. Un blanc, dans ta vie.

— Je vais m'en aller.

— Quoi?...

— Je vais m'en aller avec Luis.

Son visage se crispe avec plus de vigueur encore. Ses lèvres sont blanches. Ses joues creusées. Cela te bouleverse. Comme si elle était atteinte d'une maladie secrète dont l'abcès intérieur pourrait crever en l'espace de quelques secondes, la suffoquer.

Et puis, revient sa voix à la fois dure et très lasse :

— Tu es fou?... écoute, Pierre, quand auras-tu fini de vouloir m'user à tout prix?... si tu continues à me tourmenter comme ça, à me laisser aussi longtemps sans nouvelles, à dire n'importe quoi... c'est moi qui vais partir, et pour de bon, tu comprends?...

Tu serres les poings.

— Je vais m'en aller avec Luis.

— Tu veux que je me jette par la fenêtre, hein, c'est ça que tu veux?... dis-moi... c'est ça que tu veux?...

Elle avance vers la fenêtre.

Tu trembles trop : tu ne peux pas voir si elle est déjà sur le rebord, si elle va sauter dans le vide.

Une nuit, il y a des années, tu avais vu, du bout du couloir, basculer son corps, immense. Retenu, par miracle, par les bandes d'acier de la treille. Ses jambes remuaient en sang dans le vide. Ton cri. L'ambulance. Les mois d'hôpital. Tu étais resté seul. Sans plus jamais regarder vers le jardin.

Les balafres sur son ventre, étendue dans sa chaise longue, l'autre jour : tu n'as pas voulu te souvenir d'où elles venaient.

Une pierre poussée sur le trottoir. Le klaxon d'une bicyclette. Elle ne s'est pas dressée sur le rebord.

Ta peur s'en va, te laisse béant, la main accrochée au casque de Luis.

Elle s'est assise sur la chaise devant la fenêtre. Recroquevillée. Tu vas vers elle. Tu t'agenouilles. Elle a les yeux fermés. Des larmes lui mouillent les lèvres. Tu lui prends les mains. Elle a d'abord un mouvement de recul, puis elle les abandonne. C'est la dernière fois, peut-être, que tu les retiens ainsi, les mains de ta mère. Vous restez là, longtemps, sans rien dire.

Le vent déplace le sable sur le carrelage, le ramène autour du drap. La chaleur est plus intense. La crispation ne s'est pas effacée de son visage. A peine quelques lueurs de bonté réapparaissent-elles de temps à autre pour aussitôt s'évanouir. Ses lèvres, où demeurent les larmes, ne bougent pas. Mais peut-être est-ce le dernier assaut de la détresse volontaire, consentie; peut-être, une fois que tu seras parti, une fois qu'elle n'aura plus de témoin de sa résignation, de miroir à son accablement, une fois qu'elle cessera d'obéir à cette image de victime que, selon elle, n'a cessé de lui renvoyer l'existence, alors elle commencera, elle apprendra à être heureuse, son obstination du sacrifice cessera, sa délectation au malheur s'éteindra, sa voix s'éclaircira de toutes les tristesses passées, elle en perdra l'habitude, et comme tant d'autres femmes de la ville, dont la vie n'a fait qu'étreindre une souffrance entêtante, presque douce à force de durer, elle sortira enfin de sa petite maison, de son asile consenti, pour aller marcher le long de la mer avec ces femmes-là, se croisant, s'effleurant, puis se prenant la main, les nouant ensemble, pour inventer elles aussi, à leur tour, un temps nouveau.

48

Elle vient de se lever. Elle avance lentement dans la pièce, avec l'air de compter chacun de ses pas. Elle ouvre la porte, ne se retourne pas. Tu l'entends descendre l'escalier.

Tu vas à la fenêtre. Elle débouche sur le trottoir. Elle marche en frôlant les murs.

Vous avanciez dans la rue déserte, de retour d'une promenade. Elle a murmuré très vite : « Je deviens aveugle... tiens-moi la main. » Tu l'avais conduite jusqu'à son lit, étendue dans la chambre sombre.

Cela, elle ne le dira plus jamais.

Elle a tourné le coin de la rue.

Ça te déchire, comme si tu l'avais abandonnée alors, seule.

Tous les volets sont encore fermés. Fournaise. Ces roulements de roches écroulées au loin : une syncope de la ville. On dirait qu'elle se renverse, va cogner en plein cœur du soleil. Cris d'enfants, qui envahissent la rue. Ils lancent des grenouilles contre les murs. Elles éclatent. Ils les ramassent, crèvent leurs yeux. Un délicat reste à l'écart. Il a peut-être peur qu'on lui demande de baisser son pantalon, pour se teindre avec ce sang noir, le sexe, le ventre, les cuisses. En courant, ils trouent les restes à coups de pieds. Ils disparaissent. Revient le silence.

49

Pas une seule fois, tu ne t'es retourné en avançant dans les rues de la ville. Tu ruses avec l'attente, en venant t'enivrer de l'odeur de sel, de linge mouillé et de rouille — les vieux navires indiens, déserts — qui habite les quartiers du port. Là-bas, derrière le marché, c'est la place où Lena arrivera dans quelques heures. Tu longes, au bord de l'eau, les derniers immeubles — toits pourris, étages supérieurs inhabités. Puis les entrepôts. Les amas de caisses. Tu as attendu d'arriver là, au bout du port, pour t'arrêter enfin, poser la valise et t'accouder au parapet du pont. Il domine la baie entière.

Tu la regardes, une dernière fois, cette ville — où tu ne reviendras plus. Cette traînée lumineuse à partir des quais : l'avenue où se déroule, comme tous les soirs d'été, la parade. Ce festival ordonné de tissus, crasse d'or, fric, essence. Le tout, sur cette musique sirupeuse, diffusée par les haut-parleurs, accrochés aux balcons et aux corniches des immeubles. De quoi leur donner l'ivresse de former une grande communauté unie et complice. A côté, enfoncée dans l'ombre, la masse de la ville. Muette. De rares fenêtres éclairées. Quelque part, Laura. Laura, qui se couche déjà, car ils lui ont dit qu'il fallait être dans une forme parfaite pour l'opération, Laura qui enlève son peignoir, fait glisser ses bas le long de ses jambes, se caresse entre les cuisses, là où ça va être déchiré, ouvert, inondé de sang dans quelques heures, chair déjà creusée en douceur par l'écoulement de son parfum, incessante érosion de sa chair jusqu'à la fente où se précipitera bientôt tout ce parfum à la fois. Laura s'étend, nue, dans sa chambre, ses cheveux flottent près du ventilateur, elle aime, tu le sais, qu'un souffle d'air frais aille lui parcourir les seins. Laura seule ce soir comme tant d'autres, dans cette immensité sombre : ceux qui n'arrivent pas à en décoller, de leur lit, tellement il bouge, ils voudraient s'élancer, mais ils ne peuvent pas, leurs dernières forces sont aussitôt absorbées, anéanties par l'alcool; ceux qui se font lécher leurs jambes mortes par la langue d'un chien : une sensation naîtra peut-être enfin sous la peau; ceux qui aiment quelqu'un parti, là-bas, au milieu de la parade, et qui sont collés contre un pilier, croyant saisir, hallucinés, son cou, ses bras, son ventre, ils se mettent à parcourir le marbre de baisers jusqu'à ce qu'ils se trouvent agenouillés, face à la nuit vide; ceux à qui la musique des haut-parleurs ne parvient que comme une très vague rumeur presque douce : ils ont commencé à s'ouvrir les veines; et les enfants qui, plutôt que de rentrer chez eux, se sont cachés sous les housses des manèges; et les jeunes femmes qui s'enfoncent dans les fossés, s'ensevelissent dans les herbes : elles en ont eu assez d'être délaissées; et ceux qui se lèvent dans les hospices pour aller pisser, s'étourdissent de voir le feuillage de l'arbre de la cour battre aussi vite, alors qu'il n'y a pas le moindre souffle d'air, leur tête va cogner, éclater contre le rebord de la cuvette; et les hommes, vaincus, méprisés, qui pleurent sous leurs bras près de la cage aux ordures avant de remonter, de faire semblant de vivre, arrivés là-haut; et la petite fille en combinaison, abandonnée sur la terrasse, qui compte, jambes écartées, les minutes avec de petits bâtonnets, elle a une mémoire prodigieuse, elle pourra leur hurler le décompte exact dès qu'ils reviendront; et ceux qui ne bougent pas du banc du square où ils sont assis depuis des heures, alors que les dernières silhouettes qui rôdaient ont déjà disparu, il n'y a plus personne, ils en ont assez d'avoir des lèvres pour rien, ils se caressent eux-mêmes avec l'odeur de la terre, des buissons, l'odeur de la drague, il ne leur reste plus que ça, cette nuit, ils regardent comme toi les feux éclater là-bas sur la plage, des ombres courir le long de la mer

50

Tu entends une voiture s'arrêter tout près. La lumière des phares t'aveugle. Puis leur intensité diminue. Tu t'approches. Le conducteur, smoking blanc, foulard noir au cou, volant tenu du bout des doigts, te regarde en souriant :

— Je parie que vous ne me remettez pas... non?... ne cherchez pas... je suis le régisseur du théâtre...

Oui, tu te rappelles l'avoir souvent croisé dans les coulisses, avec son air de très vieil enfant, parcouru de fièvres exquises : battements des cils, frémissement des narines.

— Oui... je me souviens...

— Qu'est-ce que vous faites là, avec cette valise?... vous voulez que je vous accompagne quelque part?...

— Je pars dans quelques heures...

Il te plante son regard dans les yeux, comme s'il comprenait tout.

— Vous ne voulez pas grignoter quelque chose avant?... je vais à une soirée, pas loin... ensuite, je vous conduirai où vous voudrez...

— Juré?

— Juré.

Il ouvre la portière, descend. Il prend la valise, la pose sur la banquette arrière.

La voiture roule le long de la mer. Sur la plage, les feux brûlent encore, mais beaucoup moins denses. Il se met à te parler d'une fille qu'on a découverte assassinée :

— On l'a retrouvée près des marais... le ventre complètement écrasé... une véritable purée... il paraît que c'est une voiture qui lui est passée dessus... en plus, elle avait des tas d'inscriptions à la cigarette sur le bras... c'est pas étonnant... elle sortait toujours avec des gens louches... surtout depuis qu'ils ont embarqué son mec, complètement camé... ils étaient ensemble dans un hôtel... elle, je ne crois pas qu'elle fumait... on l'a relâchée tout de suite...

Un coup au cœur. Oui, ce ne peut être qu'elle. Tu la revois ce soir-là, écartant la foule à coups de coudes pour s'élancer vers le fourgon.

— Sa mère piquait des crises de nerfs chaque fois qu'elle la voyait partir... même quand c'était moi qui venais la chercher... oh, juste deux ou trois fois, vous savez... elle l'aurait clouée par terre, si elle avait pu... et bien, ce matin, autour du cercueil, elle s'est mise à rire si fort qu'on n'a pas pu l'arrêter... il y avait des fleurs partout dans la rue... c'était beau... c'était vraiment beau...

S'il détache, de plus en plus souvent, les mains du volant, c'est qu'il a sans doute le même désir que toi : les cueillir, toutes ces roses, mêmes brûlées, sur les murs des villas, pour lui recouvrir son ventre éclaté, à elle, couchée parmi les cierges et les larmes de cendres. Les mains encore agrippées à son sac, qu'elle avait tendu puis ouvert, ce soir-là, pour que plane sur la foule, au moins quelques secondes, la menace de son anéantissement. Peut-être avait-elle décidé, dès ce moment où ils l'ont entraînée, silencieuse, tête baissée, de mourir dans la ville, ou à sa lisière, le ventre déjà déchiré des crocs de son amour qu'on venait de lui retirer d'un coup.

51

Les grilles au bout doré. L'allée de gravier. Le mur troué au fond. Un fauteuil vide, dans les herbes — oui, c'est la maison de Robert Teryl. Une sensation de malaise t'envahit, de retrouver ainsi, par hasard, un lieu que tu croyais effacé de ta vie. Tu vas t'en aller, rejoindre la route. Mais, déjà, la portière claque :

— Je vous mets la valise, là, sous le siège... dès que vous voudrez repartir, vous n'aurez qu'à me faire signe... venez, on va manger quelque chose... ici, on mange toujours bien... c'est déjà ça...

Tu descends, tu montes avec lui les marches.

C'est la première fois que tu entres dans cette maison — le soir de ta visite, tu les avais attendus sur le perron. Les lampes sont braquées sur une bande de pierre, au plafond et sur les murs, qui tient resserré entre ses bords un gargouillement de formes entremêlées : feuilles, lézards, yeux. Lézards surtout.

A cette bande, appuie le ventre, en l'agitant doucement, un homme agenouillé sur un divan, ses épaules caressées par la main d'un autre homme étendu en travers. Il veut peut-être s'y déchirer la peau. Au fond, des corps nus dansent, sur un rock lent.

Tu approches d'une table chargée de plats à peine entamés. Viandes, gâteaux, fruits. Tu as la langue à demi paralysée de n'avoir rien avalé depuis longtemps. Le régisseur te tend un verre. Tu bois le vin à petites gorgées. Il te brûle la gorge.

Seules les hanches de l'homme et de la femme, allongés sur le lit en face, se frôlent. Leurs ongles s'enfoncent de chaque côté, labourent la toile.

En avançant dans l'ombre, tu butes contre une jeune fille étendue nue sur un tapis. Elle fume. La fumée glisse entre ses jambes. En coulant sur sa peau si claire, presque transparente, elle paraît être une simple émanation du sang. Un homme se penche, l'embrasse sur le front.

Tu arrives au bas des escaliers. Brusquement, c'est comme s'il était déjà là, Luis. Tu appuies les yeux sur la rampe. Tu t'enfonces dans sa tête, dans son ventre; tu promènes tes lèvres le long de son dos, et dans sa nuque, et sur ses yeux. Mais ses poignets, tu n'arrives pas à les embrasser, ni même à les saisir, ils fuient dans le vide. Et son corps entier s'éloigne, puis disparaît. Pourvu que vous réussissiez, pourvu qu'il arrive à sortir. Lena t'a dit que tout allait bien se passer : il est juste un peu affaibli par les calmants, pâle. Il va tenir le coup. Il veut tenir le coup. Déjà, il regarde vers la fenêtre, pour y épier la première trace de clarté. Il ramasse, il concentre toutes ses forces dans ses jambes, pour courir dans les rafales de soleil.

52

La porte entrouverte d'une chambre. David est assis devant une glace. Il enfonce une main dans ses cheveux, pour y retrouver la naissance de sa mèche.

Tu t'appuies contre le mur, en face. Il prend une bouteille d'alcool à côté de la lampe. Gorgées rapides. Des gouttes tombent sur sa poitrine nue. Il repose la bouteille. Il essaie de se coiffer à nouveau, ne trouve pas le pli exact. Il s'exaspère, jure. Puis, il reprend la bouteille, en la faisant voler presque. Ses mains glissent, la rattrapent à peine.

Il faut que tu t'approches, qu'au même instant il se renverse en arrière, pour t'apercevoir enfin :

— Ah! te revoilà... toi... qui t'a dit d'entrer?...

Il repousse la chaise loin de la glace, s'y affale davantage, en écartant les jambes :

— Tu dois être content de me voir dans cet état...

— Quel état?

— Ne fais pas l'étonné... tu ne vois peut-être pas que je suis complètement paf?...

Tu l'as surpris : démuni de son personnage.

— J'aime pas les gens qui regardent ailleurs, quand on leur parle... mais, dis donc, j'y pense, tu as dû te faire baiser au passage, en bas... tu t'es pas fait baiser?...

Son rire. Mais différent, cette nuit. D'habitude, assez clair et vif pour en faire éclater la nuit entière. Maintenant : presque un sarcasme.

— Alors, tu t'es fait baiser, oui ou non?... réponds : oui ou non?... OUI ou NON?...

Et beaucoup plus bas, tu l'entends à peine :

— Il veut pas le dire, le con..

Il attrape la bouteille. La chaise grince, quand il bascule en arrière. Il laisse l'alcool ruisseler sur ses lèvres, son menton, son cou. Il se redresse brusquement, tend la bouteille en avant :

— T'en veux pas quand même un peu, juste un peu, pour faire plaisir à ton petit David?... t'as pas encore bu, toi, ça se voit...

Il te lance la bouteille. Tu la rattrapes. Le goulot est brûlant.

Il se tourne vers la glace, se passe la main dans les cheveux. Il retrouve aussitôt sa mèche. Il prend un air dégoûté, mais cette fois, exagéré, joué :

— Tu n'es pas au courant, naturellement... tu sais pas que mon expo, c'est demain... je vais encore avoir l'air frais... t'as vu la mine que je me paye?...

Sa beauté est là, intacte. Il le sait.

Il se lève, s'approche de la coiffeuse. Il prend dans un tiroir un flacon de parfum. Il défait sa braguette, baisse son pantalon. Il débouche le flacon, le verse sur son ventre. Puis il te demande :

— Tiens... fais-m'en couler un peu...

Tu laisses le parfum couler sur son dos, entre ses fesses et sur ses jambes.

— J'ai sauté un mec tout à l'heure, très, très sexy... il devait pas avoir l'habitude... il était drôlement serré... c'était bon...

Revient son rire, limpide. Et se retournant soudain :

— Au fait, pourquoi t'es là, ce soir?... il n'est pas encore revenu, ton mec, c'est ça?...

Peut-être ne l'as-tu jamais regardé avec cette intensité :

— Oh... ne me regarde pas comme ça... tu vas me faire peur!... tu vas pas me dire que c'est moi qui l'ai fait coffrer peut-être...

Il s'assoit au bord du lit. Il remet ses chaussures. Exiger de lui un aveu? Mais quel aveu?... Des mots sur ses lèvres finiront par dire, d'une manière ou d'une autre, qu'il n'a rien fait pour retenir Luis. Que Luis le gênait, risquait sans cesse de déranger son jeu. Tu connaîtrais cette jubilation de le voir peut-être se trahir — t'imaginant avoir pendant quelques minutes un pouvoir sur lui. Mais ce plaisir, alors, ne serait que de pur ressentiment.

Il s'est allongé sur le lit. Il caresse avec les lèvres sa chaîne, puis il la lâche.

— Tiens... dis-moi l'heure... regarde la montre là-bas sous la lampe.

Une heure et demie. Tu sors de la chambre, le cœur absent.

53

Au bout de la galerie, la fenêtre est ouverte. Dehors, la pluie tombe, tiède. Elle ruisselle sur les hangars de tôles, les bâches, le mur. L'île semble très proche. Tu aperçois d'ici les masses des forêts, la bande claire des plages. La partie calcinée, au nord, se confond encore avec la nuit.

Près de la fenêtre, un homme est agenouillé aux pieds d'une très jeune fille, assise sur la banquette. Il lui essuie, l'une après l'autre, des éclaboussures sur le ventre. Elle écarte un peu, ou ramène les jambes.

En bas, dans la grande salle, ils sont tous étendus à présent, sur les divans, les tapis, les lits. Beaucoup : les yeux fermés, lèvres sur lèvres. Des mains continuent à caresser des cheveux, ou des épaules. Tu t'appuies à la rampe de la galerie, pour les regarder.

54

Des voix, des bruits de verres qui s'entrechoquent. Peut-être viennent-ils de la pièce vaguement éclairée au fond de la salle. A mesure que tu descends, ils s'estompent pourtant au long des parois, puis disparaissent. La pièce où tu pénètres est silencieuse, vide. A part un homme étendu sur le lit. Visage directement sous la lampe. Impossible d'en distinguer les traits. Glissement dans l'ombre de quelqu'un qui s'approche du lit. Nu sous le blouson de cuir, cheveux ras, sexe dressé. Tu butes contre une chaise. Cette veste de toile, ruban rouge au revers : la veste qu'il portait l'autre jour sous les arcades, Robert Teryl.

Ce sont donc bien ses mains chargées de bagues qui là-bas se lèvent. Sa tête se dresse, puis s'incline en avant, mais au moment où ses lèvres touchent presque le ventre de l'homme, le sexe se dérobe. L'homme qui a des ondulations très souples des reins, pour s'échapper sans trop bouger, sourit. Il a l'air de lui dire : « Attrape, attrape, tu peux toujours courir, tu peux toujours la tendre, ta bouche, à ce qu'elles en pètent, tes lèvres, tu peux, tu peux toujours essayer de te raccrocher aux parois du blouson qui glisse sous tes mains, tes bagues n'arriveront même pas à y faire une écorchure... » Mais il n'abandonne pas, Robert Teryl. Au contraire. Il se met sur les genoux. Il y arrivera mieux. Oui, c'est ça. Comme ça. Là. Mains tendues en avant, impuissantes, suppliantes — forces qui s'y voudraient ramassées, nouées, pour jaillir dans la chair trop molle.

Une prière vers l'ombre, afin qu'elle se laisse écarter par le sexe droit. Les lèvres de Robert Teryl ne tremblent plus que lentement, ses paupières se ferment.

Profitant de ce moment d'abandon aveugle, de ce moment de feinte, l'homme d'un coup lui plante le sexe dans la bouche molle aussi, jusqu'à l'étouffer presque, jusqu'à ce qu'il cherche même à s'étouffer, Robert Teryl, en ouvrant la gorge le plus possible. Spasmes qui lui balancent la peau à la gorge, la tiraillent, la travaillent. Une aspiration si anxieuse, si avide : pour que ce sexe aille le transpercer jusqu'au cœur, qu'il aille fouiller du côté de son cœur éclaté, très loin, oui, jusqu'à l'origine de sa vie même, jusqu'au désir qu'il en a, de sa vie, jusqu'à ce qu'il en pleure, du plaisir de sa vie éclatée. Mais inutile, l'ouverture considérable de sa bouche, dès lors que l'homme lui retire le sexe, se contente de le promener doucement, longtemps, sur ses lèvres, puis s'en va.

Comme roulé par un vent, ou une vague, échoué, là, à genoux sur ce lit, il rouvre les yeux — hébété. Puis il se met à agiter sa langue, à petits coups menus dans le vide, à haleter de plus en plus vite. Langue d'un chien traqué. Peut-être est-ce pour lui le seul moyen de l'appeler, de le faire revenir, l'homme qui est parti. Un vent tiède entre dans la pièce. Il a l'odeur de la pluie et la douceur de la nuit usée. Il te parcourt tout entier, t'apporte le battement du bonheur. Il doit glisser aussi sur la peau de Luis qui a décidé de ne plus fermer les yeux, pas une seule fois, jusqu'à l'aube. Le vent enroule les poils grisâtres sur la poitrine de Robert Teryl. Il paraît très vieux, ainsi.

Là-bas, une boucle suspendue dans l'ombre semble tenir toute seule. Mais non, c'est une main couverte d'un gant noir qui vient la brandir très haut dans la lumière, puis l'amène juste au-dessus de ses yeux grands ouverts. Il recommence à haleter. Tourbillons de fièvre sur sa peau. La boucle est maintenant tout près de ses lèvres. L'homme commence à les lui taillader, avec application, rigueur. Il semble dessiner sur ces lèvres, qu'il creuse, laboure, sculpte finement, une figure secrète, connue de lui seul, et correspondant peut-être à une vocation ancienne, oubliée, enfouie par le temps, et dont sa main, ce soir, se souviendrait. Un véritable travail d'orfèvrerie rouge, à la lueur de la lampe : un artisan qui, dans les profondeurs d'une cité endormie, se serait attardé dans sa boutique pour se livrer à une tâche minutieuse. Un orfèvre, dont la matière première serait la chair du corps de Robert. Installé sur ses talons, Robert Teryl est immobile, à part quelques tressaillements parfois.

Croyant avoir terminé sa tâche, ou lassé par elle, il enlève son gant, jette la boucle, disparaît. Tu entends Robert Teryl murmurer : « Reviens... reviens... », plusieurs fois de suite, la bouche ensanglantée, les yeux fermés. Le sang déborde. Pas prêt de s'arrêter. Sa voix est bouillonnante des mots qui se brouillent. Puis elle s'apaise au fur et à mesure, prend le rythme implacable et doux d'une psalmodie. Un rythme inconnu, comme heureux, qui remonte du plus profond de sa chair, paraissant venir de siècles et de siècles en arrière, franchissant les âges successifs que constituent les différentes parties de son corps.

L'homme passe devant toi. Il vient d'enlever son blouson. Il sort. Robert Teryl s'est tu. Il s'est renversé en arrière. Masse flasque, claire. Les bagues, à ses mains, forment désormais les seuls signes de reconnaissance.

55

La pluie a transformé le jardin en un bourbier, plein d'herbes pourries. Le fauteuil est renversé. Vue de l'allée, la fresque a l'air davantage abîmée, encore. Plus que jamais, elle t'apparaît être l'inverse de ce qu'a voulu, ou rêvé, Robert Teryl. Les corps sur la jetée morcelée : un conglomérat de formes, à peine humaines. Et les flammes autour du navire vide ne sont que des ombres inégales l'accompagnant dans une traversée sans but.

Les premières déchirures du soleil, dans le ciel. Tu marches vers les entrepôts, le cœur brûlé d'impatience. Partout l'odeur des fleurs trempées. Elle ramène vers toi, intacte, la tiédeur de cet autre matin, où la pluie n'avait pas réussi à effacer sur le sable d'une plage les traces de sang. Tu traverses le pont. En bas, la mer grise. Tu arrives sur la place. Elle est déserte. Tu épies le moindre sursaut du matin : la chute des feuilles détruites, l'égratignure d'un lézard sur les pierres, le vent qui repousse les débris des lampadaires contre les grilles du marché.

La voiture s'arrête en face. Lena te fait signe. Son bracelet brille. Sa peau est presque tuméfiée sous les yeux à force de cernes confondus. Lorsqu'elle t'embrasse, son visage pourtant fatigué se lisse de douceur. Il rayonne d'une certitude qu'elle te communique dans la pression de sa main.

— Je n'ai pas réussi à rentrer... j'ai traîné après le spectacle... et puis, j'ai fini par faire le circuit habituel... l'Excelsior, le Nyx, Rachel... et toi?...

— Moi non plus, je ne me suis pas couché.

Elle conduit vite le long des quais. Les rideaux de fer des cafés du port se lèvent. En voyant le navire encore éclairé s'éloigner du quai, elle te dit : « Je vais partir dans quelque temps aussi... » Tu savais qu'elle s'en irait bientôt. Tu l'embrasses dans le cou. Elle rit.

Le faubourg est déjà enseveli sous sa poussière. Resplendissent, seuls, les globes de marbre à l'entrée des petites villas. Ils sont écaillés parfois, La tristesse te serre la gorge. Car ils sont pareils à ceux de la maison de ta mère. Un matin comme celui-là, peut-être, elle se retournera vers sa maison, la regardant pendant quelques minutes. Puis elle s'étendra dans sa chaise longue. Elle fermera les yeux, dira doucement : « Arrête-toi, mon cœur... arrête-toi... » Déjà, tu l'as entendu, ce murmure, un après-midi, alors qu'elle était assise au bord de son lit dans la chambre sombre. Elle s'appuyait avec force la main sur le cœur, afin que les battements ralentissent, s'estompent d'eux-mêmes, rien que pour se rendre compte comment ça ferait de se laisser aller à mourir.

Vous roulez sur la route de la plaine. La plupart des camions que vous croisez sont vides. L'un d'eux, seulement, est chargé d'hommes assis en rang, immobiles, poussiéreux.

Vous contournez la montagne. Son amoncellement de roches nues. La plate-forme, au sommet, est déserte. C'est peut-être là, plutôt que sur la colline, près de la citadelle, qu'ils ont tourné sur eux-mêmes une dernière fois, avant de se renverser en arrière, les esclaves de l'éphémère république. Leurs traces encore : ces découpes serrées de la lumière? Comme les reflets répercutés, à des siècles de distance, de leurs lames brandies vers le ciel. Leur danse de victoire et de mort éblouit encore le paysage, le rend presque invisible.

Cette lumière drue blesse les yeux de Lena : « Cherche-moi une paire de lunettes, tu seras gentil... »

En fouillant dans le boîtier, tu aperçois combien tes mains tremblent.

56

La portière a claqué doucement. Lena est descendue. Très loin déjà, la tache sombre de sa robe. Une distance considérable, il te semble. Au-dessus des arbres, de la route vide, le ciel est blanc. Pas un mouvement aux pavillons. Leurs masses de béton et de verre sont pleines de silence. Ça dure trop longtemps, non ce n'est pas possible, il n'a pas réussi à sortir. Les lettres de la pancarte s'inscrivent sur ta peau et dans la chair de ton cœur comme au fer rouge. Ça te brûle partout. Tu crois voir une forme trouer les massifs de genêts au bas des escaliers, s'élancer dans les lilas sauvages. Non. Rien ne bouge, toujours. Ce n'était sans doute qu'une secousse du vent.

Lorsque tu descends, à ton tour, tes pas ne t'appartiennent plus : ils sont si lourds, immenses.

Lena n'arrive pas à te sourire. Vous attendez — bouche collée au grillage, main dans la main. Vous êtes chaque battement de l'air.

De l'autre côté de l'arbre, le glissement d'une silhouette.
Au milieu des herbes, un costume gris.

LUIS.

Il halète tellement ; il est presque courbé en deux.

Il vient s'affaler sur le grillage. Son front glisse sur ton front. Son souffle de sang et de sueur te rentre dans le corps, y crève tout.

Inventer autre chose que le cri pour lui dire : je t'aime.

Ses mains se lèvent. Ses doigts si maigres s'accrochent au grillage. Vous voudriez lui donner toutes vos forces. Voilà, il grimpe avec un mouvement lent et sûr. Il s'apprête à l'enjamber.

Il s'arrête. Il se penche en arrière. Ses doigts semblent se détacher, ses jambes flotter, il va peut-être tomber.

Vous dites, le plus fort possible, mais sans crier : « Luis... Luis... Luis... » Vous tremblez tellement que vous n'arrivez pas à tendre les bras.

Il passe la jambe au-dessus des bouts tranchants.

Son pied appuie sur tes mains ouvertes.

Il se jette.

Vous roulez dans le ruisseau. Ventre contre ventre.

Vous avez les mêmes poumons, le même cœur, la même langue.

Dès que vous vous relevez, Lena vous pousse, vous oblige à courir vers la voiture. Elle a les joues pleines de larmes.

57

Il a noué toute son énergie, Luis, pour monter à bord. Il continue à lutter contre le sommeil. Il vacille un peu sur la passerelle, mais une fois arrivé à l'avant du bateau, il respire très fort, baigne ses poumons de vent, de lumière. Quand il se retourne, en étendant les bras vers Lena debout sur le quai, toute sa vigueur afflue à nouveau dans son sourire. Non, ils n'ont rien anéanti en lui, rien changé. Vous vous empoignez les mains, à presque les broyer.

Tu redescends. Tu prends Lena par les épaules. Vous marchez un peu. Jusqu'au moment où les planches se mêlent à la terre. Vous regardez la mer blanche. Immobiles. Le cœur battant du sang de cet amour virtuel que jamais le moindre éclat de doute n'est venu abîmer. Elle s'écarte. Elle détache son collier, te le met dans la main. Tu serres dans ta paume les griffes de métal.

La cloche du départ.
— Je viendrai vous voir, avant de partir...
Elle t'embrasse. Ses lèvres, un peu gonflées par la fièvre de la nuit sans sommeil, ont un goût de sel et d'alcool.

Lorsque tu remontes, Luis s'est assis face aux autres voyageurs. Un vieillard au milieu de ses valises et de ses cages d'oiseaux. Deux femmes avec un enfant étendu entre elles sur le banc.

Les chaînes claquent déjà, et les cordes.

La mer s'ouvre. Les fines traînées noires dansent, pareilles aux racines d'un astre de boue englouti.

Il n'y a personne sur la rive, que Lena appuyée à sa voiture.

Elle lève la main.

Luis bouge la main exactement comme elle. Ils ont le même mouvement du poignet. Ils rient. Ce même rire léger, qu'en courant sur la scène du théâtre, avant.

Dans ta gorge s'enfonce le goût des lèvres de Lena. Sel, alcool, fièvre.

Le bateau glisse sur la mer.

Le soleil claque sur la proue.

La portière s'est refermée. Lena redresse sa mèche. La voiture tourne.

Ce pays que vous quittez se résume à un long talus sec et grisâtre. Vos jambes se collent l'une contre l'autre.

Tous les mots que tu voudrais lui dire, qu'il voudrait te dire, se ressemblent, avant de venir sur vos lèvres, ils se rencontrent, se confondent, s'effacent d'eux-mêmes.

Le chapeau de l'une des femmes s'envole, mais il ne va pas voltiger au-dessus de la mer, le vent le ramène puis le pose sur le visage de l'enfant.

Vous apercevez déjà au bout de la mer la masse sombre de l'île.

IMPRIMERIE B.C.A. À SAINT-AMAND (CHER)
DÉPÔT LÉGAL : JANVIER 1994. N° 21144 (93/804)